Priče iz Modriče

AMIR SARVAN

Title: Pozdrav iz Modriče

Subtitle: Priče iz Modriče

Primary Author: Amir Sarvan

Cover design by: Amir Sarvan & Wordle™

This book is part of a series:

Series: Pozdrav iz Modriče

Volume: 2

Edition: 1

Language: Bosnian

POSVETA

Mojim učiteljima,

pokojnom Borku Deliću i rahmetli Džemilu Sendijareviću,

mojoj učiteljici Emiri Grbić i nastavnici Majidi Despotović,

koji su me učili lijepom izražavanju i lijepoj pisanoj riječi.

SADRŽAJ

RIJEČI ZAHVALE

Hvala vam, Bebo i Magi, za vašu ogromnu i nesebičnu pomoć u prikupljanju i pripremi priča drugih autora, kao i za vaše priče iz Modriče.

Hvala Vam, gospođo Vera, Maxe, Elvise, prof. Franjo, Zaharije, Pero, Panky i Harry, što ste za izdanje ove knjige velikodušno ustupili Vaše priče iz Modriče.

UVODNA RIJEČ

Ovo je druga knjiga iz serijala "**Pozdrav iz Modriče**".

Knjige "Pozdrav iz Modriče" su nastale kao rezultat dugogodišnjeg objavljivanja starih razglednica, fotografija Modriče i njenih stanovnika na raznim internet stranicama. To su bili od prije petnaestak godina internet-forumi na stranicama modrica.com i modrica.biz a sa pojavom facebook-a i dvije facebook-gupe: "Modriča, nekad i sad" i "Za sva vremena, Modriča".

Hvala administratorima, moderatorima i članovima internet foruma i facebook grupa koji su u posljednjih petnaestak godina objavili mnoštvo materijala o Modriči i njenim stanovnicima. U tih petnaestak godina na ove četiri internet-stranice je nastala velika zbirka od oko deset hiljada fotografija, razglednica, a napisane su i brojne zanimljive priče.

Da bi se bar jedan dio ovog obimnog materijala sačuvao i izvan elektronskih medija, rodila se ideja o objavljivanju ovakvih knjiga. Mnogim osobama, vezanim rođenjem ili životnim putevima za Modriču, biće ovo možda jedini način da vide i upoznaju ovaj grad i njegove stanovnike iz perspektive prošlih vremena.

Prva knjiga je posvećena gradu i nosi naslov "**Pozdrav iz Modriče**", uobičajenu rečenicu na mnogim razglednicama. Pored razglednica, ova knjiga sadrži i izbor starih fotografija grada.

Ova, druga knjiga, nazvana je "**Priče iz Modriče**" i posvećena je osobama i događajima koje su na razne načine obilježili život grada i njegovih stanovnika.

Knjiga sadrži izabrane priče članova modričkih internet-foruma i facebook-grupa, priče modričkih književnika i članke objavljene u novinama i na interetu.

Amir Sarvan,

Bern, juni 2018. godine

DŽEVAD ŠABIĆ ĐERO

piše: **Maksim Max Šakota**

Iz samog naslova, dragi Modričani, jasno Vam je o kome je riječ u daljnjem tekstu, a da je Đero zaslužio da se o njemu nešto kaže iako je već dvije godine rahmetli, u to ne treba sumnjati.

U brojnoj galeriji likova koji su u dobra stara vremena dali svoj doprinos u stvaranju svima nam poznate "modričke čaršijske atmosfere", Đero je sigurno jedna od zaslužnijih i upečatljivijih osoba. Ovih par crtica o Đeri koje sam napisao po vlastitom sjećanju i u koje ne trebate ni malo sumnjati, samo su kamenčić u velikom mozaiku događaja kojih je Đero bio glavni akter.

Ako svako od nas pokuša po svom sjećanju na papir prenijeti događaje kojima je prisustvovao, bio svjedokom ili glavnim akterom, buduće generacije Modričana dobiti će sliku o životu stare čaršije a osobe i događaji živjeti će vječno.

Ali da ne duljim i počnem sa onim najzanimljivijim, Đerom.

11

Priča prva

Godine 1968., za ljetnih praznika, modrička opština organizuje radnu akciju: Riječani '68., što će reći izgradnju puta Tarevci-Riječani za potrebe lokalnog stanovništva. Podiglo se u Riječanima kamp-naselje, formirala kuhinja, dopremio neophodan alat (krampovi, lopate, budaci i sl.) a na traktoru su dovukli "fiću", da radna omladina u slobodno vrijeme uči voziti. Došla omladina željna "radne avanture", uglavnom čaršijska a među njima i Đero, moja malenkost i još mnogo njih. Neke od njih sam uspio predstaviti onom serijom slika sa ove radne akcije. Počeo rad, ljeto je, omladinci prebacuju normu i pjevaju a poslije rada ručak, pa ko je želio učio se voziti na "fiću" a onda dođe vrijeme večere i lagana dosada.

Za jedne od takvih večeri, laganih, toplih i pomalo dosadnih priđe ti meni Đero i upita me:

- Puba! Bi li ti da nas dva odemo do Tarevaca, i tamo u dobroj kafani nešto popijemo i zamezimo?

Na takav prijedlog sa moje strane jedini je odgovor bio:

- Može, Đero, jer ovdje ćemo umrijet' od dosade.-

Rečeno-učinjeno i mi se zaputimo u Tarevce, mladi puni snage i željni provoda.

Moram reći da je meni posebno bilo drago da mi se Đero obratio jer je bio stariji od mene tri godine a u toj dobi to je djelovalo daleko više. Nakon nekog vremena eto ti nas u Tarevcima. Đero zna u koju ćemo kafanu (ne znam da li je tih godina i bilo više od jedne) i mi uđemo, sjednemo za stol i naručimo rakiju. Pijuckamo ju onako važno, pomalo kao pravi ljudi i prebrojavamo koliko imamo za potrošiti. Ispostavilo se da smo jako tanki sa lovom i da je bolje da ne zovemo meze nego da popijemo još po koju i nazad u logor. I tako noć prolazi, nas dva vodimo važne razgovore, ljuta rakija klizi u naša mlada grla i dođe vrijeme "fajronta". Dignemo se, Đero se pozdravi sa nekim njemu poznatim a ja se čudim kako on svuda i svakog pozna te se zaputimo u kamp u Riječane.

Noć je, stari bi ljudi rekli –gluvo doba, Tarevci su odavno iza nas, logor u Riječanima nikako da se pojavi a noge pomalo otkazuju, što zbog rakije što zbog puta a i gladni smo - rakija dobro isprala naše želuce. Noćno nebo bez ijedne zvijezdice, ni mjeseca nema a nas umor polako obuzima. Počinjem sumnjati da idemo pogrešnim pravcem i kažem to Đeri.

- Đero nikad nije zalut'o, Puba. Samo ti za mnom.

U mrkloj noći drveće i okolna brda izgledaju drukčije nego danju, pomalo zastrašujuće a i neki zvukovi se čuju kojih nema u čaršiji. Sad i Đero počinje sumnjati da idemo dobro, razgleda okolo i traži neki orijentir.zaključimo da smo na potpuno nepoznatom terenu i da nam valja ponovo nazad prema Tarevcima i onda dobro pazeći ka Riječanima i logoru.Tako i bi.Nakon puno izgubljenog vremena nađemo Tarevce pa pravi put za logor i mrtvi umorni stignemo u zoru u logor. Kafana se zatvorila u deset a mi smo oko tri stigli u naš logor, mučeni ne samo umorom nego i velikom izgladnjelošću. Govorim Đeri da bi bilo dobro nešto pojesti da se ne srušimo od gladi. Njega muči isti problem a razmišlja da li u kuhinji ima hrane. Uputimo se tamo ali kuhinja, normalno, zaključana debelim katancem. Đero im psuje majku kuvarsku što zaključavaju i trese onaj katanac a ja gledam po stolovima. Na jednom stolu nešto pokriveno novinama a da novine ne oduva vjetar, pritisnuto tek načetom flašom jestivog ulja.

Dignem novine a ispod njih pola hljeba od juče. Zovem Đeru koji i dalje drma onaj katanac i kažem da sam našao hljeba. Evo ti njega, kida onaj hljeb na dva dijela, jedan daje meni a drugi halapljivo grize. I ja isto tako. Hljeb suv ne ide kroz grlo, oči hoće da ispadnu od muke da ga progutam. Đero ugleda onu flašu sa jestivim uljem, otvori ju i dobro namoči hljeb, te ga takvog slasno zagrize i još slasnije proguta. Kad može Đero, mogu i ja. Sad uljem namočen hljeb klizi u gladne stomake naše kao najbolji specijalitet. Nesta hljeba za čas ali i mi se zasitili i idemo na spavanje, u sedam valja ustati i prebacivati normu. Putem do šatora priđe mi Đero i veli:

- Puba ! Ono da smo zalutali nikom da nisi rek'o jer Đero nikad ne zaluta. Dogovoreno?

- Dogovoreno, Đero, velim ja.

Do danas nisam prekršio danu riječ, a evo sada to činim i mislim da se Đero gledajući nas odozgo neće ljutiti, već naprotiv, biće zadovoljan da se sve to upamti i priča kad se okupe stari Modričani , u Modriči ili negdje po svijetu.

Priča druga

Ovo što ću Vam sada ispričati, sa Đerom kao glavnim likom, odigralo se par godina prije one prve priče i po tom zakonu vremenskog slijeda ova je priča trebala biti prva ali se iskreno nadam da Vam to neće smetati u kratkom prisjećanju na jednu od legendi modričke čaršije.

Bilo je to u vrijeme kad proljeće ustupa mjesto ljetu, toplo je ali ne onako da peče već ugodno toplo, moglo se obući i odijelo i staviti kravata a da se ne oznojiš a godina je bila, recimo 63-ća ili 64-ta.

Ispred tadašnjeg hotela "Bosna", na njegovoj bočnoj strani, onoj kojom se moglo u to doba ići sokakom prema Majni, znači onoj što je gledala prema osnovnoj školi bila je jedna velika slobodna površina koja se koristila kao besplatno parkiralište za tadašnje malobrojne aute a boga mi i pokoja zaprežna kola nisu bila rijetkost.

Na tom mjestu jednog takvog dana ugledam, hodajući čaršijom u potrazi za raznim novostima i uzbuđenjima, poveću grupu ljudi i nekih parkiranih auta kakvih do tada nisam vidio da su prošli Modričom. Da ne bih propustio kakav važan događaj, sjurim se u kratkom trku od modričkog parka do mjesta na kome se, po svemu sudeći odigravalo nešto od velike važnosti.

I zbilja, auti neki veliki, zadnji kraj kod svih nekako nisko a ljudi koji ih voze izašli iz njih i protežu, se pa onda vade neke karte cesta i pitaju okupljene o nekim pravcima.

Na njima garderoba kakvu nikad nisam vidio na Modričanima, vjetrovke neke sjajne, u raznim bojama, pa neke hlače kao od kože i sve nešto drukčije na njima a i oni drukčiji, strani nekako.

Raspitujem se, ko su, kakvi su im to auti i slične stvari. Odgovori mi stižu neprecizni i nesigurni sve dok ne začuh Đerin siguran i autoritativan glas da su to vozači relija "Sutjeska" i u prolazu su kroz Modriču pa malo odmaraju.

Primaknem se bliže Đeri, jer vidim da on sve zna, i ne odvajam se više od njega već ga stalno ispitujem šta je ovo, a kakvi su to auti i sve drugo što mi je palo na pamet a pitanja sam imao bezbroj. Đero mi sve strpljivo i stručno objašnjava kako su to "pojačane mašine a cijeli auto je spušten da bude niži, iznutra ima okvir da u slučaju prevrtanja šofer i onaj pored njega ne stradaju"...i još mi je puno toga ispričao a ja zadivljen njegovim znanjem samo klimam glavom i spremam sljedeće pitanje kad mi Đero pokaza jednog od učesnika i upita me:

-Puba, znaš li ko je to?-

Ja gledam, faca mi poznata ali nisam siguran.

-To ti je, Puba, Lado Leskovar, onaj Slovenac-pjevač-.

Sad ga i ja prepoznah i dok sam ga gledao i uporeÄ‘ivao sa onim likom iz novina, Đero mu priđe i započe s njim najnormalniji razgovor kao da se znaju od davnina. Priđem i ja, pa Đero mi je jaran i slušam razgovor u društvu njih dva a ponos mi raste i raste.

U jednom trenutku saznamo da je jedan od učesnika oštetio auto i da ima problema i Lado Leskovar to pokazuje Đeri. Đero priđe bliže, ja za njim i imamo šta i vidjeti - jednom od učesnika razbila se nekako "šofer šajba"-vjetrobransko staklo i jadan čovjek sav nesretan obilazi oko auta a auto dobar velik strani. Okupljeni Modričani dijele savjete, pa treba ovo pa treba ono ali šofer neutješno obilazi oko auta, svjestan da mu ti savjeti ne mogu pomoći.

Tad mu priđe Đero i onim svojim sigurnim glasom mu reče:

-Jarane, ti u ovom slučaju imaš samo jedno rješenje.

Šofer zastade i sa izrazom lica punog nade i naglaskom koji nije bio bosanski reče:

-Da, izvolite, molim-.

-Jedino ti je rješenje jarane moj, da do Sutjeske i nazad voziš u rikverc, to ti ja kažem-.

Treba li, dragi Modričani ikakav komentar ovome.

Bio je to Đero,jedan i neponovljiv.

Đero, prvi s lijeva na slici, na radnoj akciji '68.

Đero, u Modriči, 2000-tih

HADŽIB NURKIĆ - UJKO LAV

piše: **Maksim Max Šakota**

Jedan od mnogih osebujnih čaršijskih likova koji su dali svoj pečat modričkoj čaršiji tokom 60-tih i 70-tih godina zasigurno je i Ujko Lav.

Osoba je to koja je svojim izgledom, ponašanjem, načinom života u mladosti, preranom starosti i bolešću, zasluženo ušla u legendarne modričke likove koji ne zaslužuju zaborav protokom vremena i dolaskom novih generacija Modričana.

Kao i kod Dževada Šabića-Đere, tako i kod ovog mog oživljavanja uspomena na Ujku-Lava, cilj mi je da se te, i još mnoge druge osobe modričke čaršije ne zaborave i da potaknem i druge da svoja sjećanja pretoče u pisanu riječ i tako spasimo od zaborava te drage nam osobe bez kojih bi naše uspomene na djetinjstvo bile znatno siromašnije.

Neću vam, dragi Modričani, govoriti o ostarjelom Ujki Lavu koji je znao prespavati na klupi modričkog parka, ismijavan od dječurlije kao da je niko i ništa, o tome neka pišu mlađi od mene jer sam u to vrijeme propadanja Ujke Lava već bio "aklimatizirani" Riječanin. Ja ću Vam ovdje dati par crtica iz njegovog "zlatnog" doba, doba njegove mladosti, određenog dostojanstva kojeg je posjedovao i poštovanja kojeg smo mu mi mlađi ukazivali.

Hadžib Nurkić - Ujko Lav

Ujko Lav je bio, mogu slobodno reći, fizički jako privlačna osoba, visok, vitak i izvanredno lijepo oblikovanog tijela. Svaki mišić mu se isticao ali ne kao kod današnjih bildera koji zbog pretjerane veličine djeluju kao izvanzemaljci, već su bili oblikovani zaslugom majke prirode i načinom života u to vrijeme. Ten mu je bio blago taman, kosa tamno smeđa a kompletno njegovo držanje bilo je uspravno i ponosno.

Odijela koja je tada nosio jako su mu lijepo stajala i kad danas prizivam svoja sjećanja na njega, jako je ličio na zavodnika iz današnjih latino-američkih sapunica, pogotovo kad je nosio one svoje tanke brkove.

Njegov glas bio je nešto posebno. Duboki baršunasti bariton privukao bi pažnju svakog ko bi prolazio pored njega dok on pjevuši tadašnje hitove. Priroda mu je dala dobar sluh i glas za pjevanje koji je on koristio po cjeli dan. I dan danas u glavi čujem melodije hita "Đesabel" ili neke od hitova Net King Kola ili Frenki Leina u interpretaciji Ujke Lava. Sa lakoćom ih je izvodio prilikom šetnje modričkim korzom nesvjestan talenta kojeg posjeduje.

Znao je i dosta dobro svirati na gitaru a neka znanja mu je pružila i moja pokojna majka koja je i moga pokojnog brata uvela u osnove sviranja da bi on ubrzo postao bolji "majstor od učitelja". Ujko Lav se dosta družio početkom 60-tih sa mojim bratom i starijim bratom od prof. Šerić Franje, Slavkom, takođe dobrim znalcem sviranja na gitari. Kao dijete, često sam slušao kako su gore navedeni, svojom svirkom i pjesmom znali dobro zabaviti okupljeno društvo.

Moram Vam napomenuti da je Ujko Lav generacija od mene starija desetak godina i početkom 60-tih imao je dvadesetak godina i mnogi događaji iz tog vremena kao i sam Ujko Lav su Vam strani i možda nemogući, poput izgleda i osobina Ujke Lava ali bilo je tako.

Priča prva

Jednog vrućeg ljetnog dana, kad se u hlad sklonio svako ko je mogao, tumaram besposleno modričkom čaršijom i gledam izloge tadašnjih trgovina. Na mjestu kasnije sagrađene moderne zgrade "Borova" bila je stara građevina, podugačka, u čijem su prizemlju bili neki dućani pa i dućan tekstilnom robom. Uđem unutra da malo uhvatim "'ladovine" ako me prodavačica ne istjera i da razmislim kud bi mogao dalje.

Unutra hlad i prijatna tama, žmirkam da mi se oči priviknu na zamračeni prostor a iz radio aparata dopire mi do ušiju muzika, ne preglasna kao danas i ugodna. Oči mi se privikavaju na tamu i vidim prodavačicu u razgovoru sa nekim gospodinom, lijepo odjevenim, u odijelu i kravati. Prodavačica se smije, mene i ne primjećuje a lijepo odjeveni gospodin pjevuši i lagano se njiše u ritmu muzike.

Prepoznam Ujku Lava i priđem bliže. On me pogleda, nasmija se malo i rukom mi prođe po kosi te nastavi lagano plesati u ritmu muzike onako u mjestu. Ja ga gledam, djeluje mi visok, odijelo mu savršeno pristaje i ja sve mislim da mi je biti takav kad narastem.

Gledajući ga tako dođem i do dijela tijela gdje se nose cipele, kad na moje veliko iznenađenje, stopala na kojima sam očekivao i dobre cipele poput dobra odijela gore, bijahu neobuvena, bosa!!! Baš tako! Ritam melodiji sa radija davao je bosim nogama, pa zato nisam čuo nikakav zvuk A na što su mu ličili tabani možete zamisliti. Tadašnji podovi u javnim prostorima premazivali su se nekakvim crnim uljem da ne trunu, a na vrućini to ulje bi postajalo rjeđe i ostavljalo bi trag na svemu što ga takne.

Melodija sa radija je završila, Ujko je prestao sa svojim plesom u mjestu i ponovno je okrenuo pogled ka meni. Vidjevši da mu stalno gledam u stopala rekao mi je nešto o vrućini i znojenju nogu i da je ovako baš dobro. Ja sam mu vjerovao a za prodavačicu ne znam, stalno se nešto smijala, pogotovo kad bi joj govorio nešto blizu uha što nisam čuo.

Onda mi je rekao da me mama traži i da moram kući i ja sam iznenađen od kuda on to zna, brzo iz dućana otišao kući, pogledavši još jednom njegove noge sa tabanima kao da su katranom premazani.

Dobri stari Ujko Lav.

Priča druga

Velika vrućina se spustila nad Bosnom, ljudi govore o suši i šteti koju ona čini a mi djeca nikad sretnija. Po cijeli dan na Bosni niže mosta, starog drvenog, na kupanju. Bosna bistra, topla a do mlinova sa druge strane visočiji čovjek ju pregazi a da mu ne dođe voda do usta. Na kupanju i staro i mlado, ali više mladih nego starih.

U hladu ispod topola grupe mladića sa djevojkama, čuju se zvuci gitare a od neke druge grupe dopiru zvuci muzike iz tranzistora. Ja sa svojim vršnjacima raspravljam o tome kako bez žica dolazi glas i pjesma u tranzistor.

Tamo gdje se svira gitara i Ujko Lav. Ne sjećam se ko je svirao ali Ujko pjeva. Pjeva lijepo, drugi ga prate onako stidljivo jer ko može ko Ujko. Završila pjesma, pale se cigarete a meni vrag ne da mira, dođem do Ujke i pod uticajem filmova o Herkulu sa Steev Reevsom u glavnoj ulozi, tražim od njega onako dječački moleći da pokaže "trokut".

Nisam pravo ni izrekao molbu a Ujko se uspravi i u maniri pravog bildera, za koje onda nismo ni znali izvede par poza sa mišićima. Publika gleda, mi djeca otvorili i usta i oči diveći se našem "Herkulu" a odraslije djevojke komentiraju njegove kupaće gaćice.

A te gaćice su bile preteća današnjih "tangica", donjeg dijela ženskog kupaćeg kostima. Naprijed je jedan minimalan komadić materijala prekrivao "ono" što mora biti prekriveno, a prema nazad se to sužavalo u usku vrpcu koja je nestajala između Ujkinih stražnjica tako da ko ga je prvi puta vidio na kupanju ali otraga, mislio je da Ujko šeta obalom Bosne gol.

Ponosno je Ujko svako ljeto nosio svoje kupaće gaćice "Bez išta nazad" kako smo mi djeca govorili, spremno nam pokazivao "trokut" pogotovo ako je u blizini bilo djevojaka i pjevušio najnovije hitove tog vremena.

Živio je u duhu tog doba, punom snagom a u nekim stvarima (kupaće gaćice) i ispred svog vremena.

Dobri stari Ujko Lav.

BORO DANGUBA

(Priča je fiktivna, djelomično zasnovana na stvarnim likovima)

piše: **Elvis Hadžić**

„Danguba, Danguba, jede govna krezuba!" vikali smo za Borom, dok je za sobom vukao prljave platnene vreće i čačkao po gradskom đubrivu, zaokupljen tihim monologom u sopstvenu bradu.

Boro Danguba je mrzio naše poetične smicalice, pa je u dubokim džepovima pantalona često skupljao kamenice, kao djeca orahe. Boro se tako navikao da sabira municiju po mahalskim džadama, jer je znao šta ga čeka čim udari na gradski asfalt. Dešavalo se nekad da dječurlija trči oko njega, a on, kabast i težak, uzaludno se osvrće ne bi li dograbio kakav kamen, pa je naoružavanje prije sukoba dakako imalo smisla.

Boru su zvali Danguba, jer je po vas dan visio na prozoru ili bio natakaren na ogradu i pozdravljao prolaznike. Živio je sam u ogromnoj austrougarskoj kući koju je, kako smo saznali, naslijedio od svoje nekada bogate familije. Komunisti su, navodno, od silnog Borinog bogatstva ostavili samo tu trošnu, ali lijepu, tajanstvenu kuću, u kojoj je Boro dangubio, čuvajući svoje oteto blago. Pod debelim hladom divljih kestenova, ta kućerina je izgledala kao iz filmova strave i užasa, ali opet nekako pitoma, uvijek otvorenih prozora što otkrivaju još deblji hlad, čamotinju i tajne što se suludo odbijaju o oronule zidove.

Naravno, djeca ne bi bila djeca kada unutrašnjost Borinog čemera ne bi golicala njihovu maštu. Ali takva akcija je bila gotovo nemoguća i zahtijevala je posebno planiranje, jer je Boro rijetko napuštao svoju vilu. Sa jastučetom ispod gojaznih mišica, jedva uglavljen u pendžer, Borina ćela je voljela dočekivati djecu iz škole. A mi, pošto je Danguba bio nagluh, jedva smo čekali svojih pet minuta.

„Đe si, Boro?"

A Boro bi odgovarao, samo naslućujući pitanje:

„Dobro je, dobro je, momak, kako si ti?!"

„Prčiš li šta, Boro?"

„Pričam, pričam, momak, sam sa sobom, kako si ti?!" odgovorao je Boro, i tjerao nas u histeričan smjeh.

Boro Danguba je volio vruće čvarke, pa se pričalo da je bio profesionalni degustator čvaraka i slanine po okolnim selima. Rijetko je izlazio iz kuće, ali kada bi izašao, uvijek je bio u istoj, bijeloj potkošulji koja mu je bestidno otkrivala okrugli stomak i dlakavi pupak. Hlače su mu spadale, nemoćne da se drže na kukovima, otkrivale guznu liniju, a nogavice neravnomjerno zavrnute išle su idilično uz skorjela stopala u papučama. Bilo sunce, kiša, bio snijeg — Jovo je vazda u svojoj čađavoj potkošulji, pačjim gegom se šepuri po čaršiji, stomak ide ispred njega a on za njim, održava balans sa prugastim cekerom, ispituje se s ljudima, odvažno tvrdi da je on dobro, a da su dobri i čvarci i slanina zamotani u dnevne novine ispod njegove miške.

Riješeni da otkrijemo Borinu tajnu, jednom smo ga sačekali da papučama otklapara niz aleju divljih kestenova, pa da uvirimo u tu kuću romantične strave i užasa. A tamo: svežnji i snopovi svih mogućih dnevnih novina! Po podu, po stolicama, policama, na stolu, gdje god pogledaš — novine. Boro je u kući držao sve moguće dnevne informacije tadašnjeg sistema! Bili smo razočarani Borinim blagom, i tajnom koja nije imala nikakav smisao. Da li je Danguba čitao sve te novine, ispunjavao ukrštenice, tražio neku dobitnu kombinaciju, možda otkrivao konspiraciju između redova, ili se jednostavno pripremao za pohod na seljačku slaninu, nikad nismo saznali niti smo se trudili da znamo...

Boru je ubila prva granata koja je pala na čaršiju, iako je eksplodirala na sasvim drugom kraju grada. Naravno, nisu mu našli nijednog gelera u tijelu ali, kako neki tvrde, čuli su ga da viče sa svog pendžera: "VAMA je govno za zubima! VAMA je govno za zubima!" Nakon čega je samo spustio tešku ćelu na prekrštene ruke i otišao da dangubi smrt, dok smo mi živote svoje dangubili.

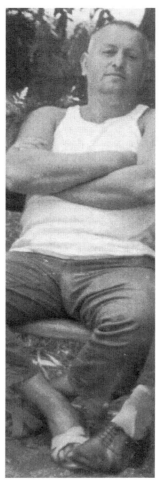

*Jovo "Danguba", lik po kome je
priča djelomično zasnovana*

GORAN JAZVIN - ČIFUT, ČIFI

piše: **Mirsad Maglajac Magi, 2007.godine**

Kad mi je moj školski drug Sale Damjanović e-mailom iz Amerike nedavno javio kako je na jednom modričkom internet forumu pročitao da je Goran Čifi umro nisam u to mogao povjerovati. Pomislio sam, pa onaj vječiti mladić i fantast ne može umrijeti, nema šanse. To mora da je on sam pustio ovu vijest u svijet kako bi se na svoj čudni način našalio sa sobom samim i sa svima nama koji smo ga poznavali.

Ko je u stvari Goran Čifi ili Čifut? Pravo ime mu je Goran Jazvin. Generacija, mislim da bi mogao biti 1966-a. Nadimak Čifi, ispričao mi je, dobio je tako što je u Osnovnoj školi "25. maj" na pitanje jedne nastavnice koje je glasilo: "Koja od jugoslovenskih narodnosti živi na Kosovu?" hitro podigao ruku i uzviknuo prije svih: "Čifuti!". Razred je prasnuo u smijeh a Goran je od tada imao svoj nadimak. On je očito bio pobrkao pežorativne nazive za Albance i Jevreje. Upotreba riječi Šiptari i Čifuti je i tada bila učestala ali jedan jedanaestogodišnji dječak, koliko je Goran pretpostavljam tada imao, nije mogao ni slutiti da one imaju pogrdno značenje. Nekoliko godina kasnije, pomalo mu je i laskalo ako bi neko zbog njegovog neobičnog prezimena i nadimka zaključio da je on zapravo Jevrej.

Goran je bio sin jedinac. Njegova majka Ana je bila učiteljica. Odrastao je sâm uz nju stanujući u samom centru grada (gledajući od čaršijske džamije na kraju pješačke zone, odnosno, na desnoj strani u prizemlju zgrade koja se nalazila na početku ulice prema Domu zdravlja i Željezničkoj stanici). Sa svojim ocem, koji je živio u Doboju, imao je, koliko mi je poznato, rijetke kontakte. Ali znam da je bio ponosan na svog nešto mlađeg polubrata Sulejmana Jazvina kojeg mi je jednom predstavio kad mu je bio u posjeti. Objašnjavao mi je kasnije kako je njegov polubrat izvrstan u matematici i da je zapravo trebalo on da se zove Sulejman a da se to ime njegovoj majci nije svidjelo te se navodno zbog toga još prije njegova rođenja bila rastala od njegova oca. Da li je to zaista bilo tako? Ko to može znati šta dvoje ljudi spaja a šta razdvaja?

Odakle sam ja poznavao Gorana? Pa čini mi se da je njega bilo teže nepoznavati nego poznavati. Svako ko se polovinom 80-tih prošlog vijeka kretao modričkom čaršijom i barem nekoliko puta svratio u "Kec", kafić na sredini pješačke zone, na nekadašnjem modričkom korzu, neizbježno je morao upoznati Čifija ili barem čuti za njega jer je on tu, gdje su svi ostali dolazili da bi vidjeli nekoga ili bili viđeni, takoreći bio kod kuće. Bio je otvoren, razgovorljiv, uvijek nasmijan i tražio razgovor sa svim i svakim. Znao je biti veoma šarmantan i nerijetko je uživao žensko društvo. Mada, neke sreće sa samim modričkim curama, mora se priznati, nije baš imao. Kao prava umjetnička duša, osjećajući se "totalno drukčijim od drugih" Goran je imao potrebu da se dopadne baš svima i često po svaku cijenu. To naravno nije moglo da funkcionira te je umjesto simpatija znao da pokupi i neljubazne pa čak i grube komentare čaršijskih jalijaša koji su mu prijetili svojeručnim šišanjem i sl. A on bi im uzvraćao osmijehom i kakvom duhovitom dosjetkom pokušavajući na taj način da se izvuče iz nezavidne situacije što mu je redovno i uspijevalo. Jedni su mu zapravo skriveno zavidjeli na njegovom imidžu urbanog, finog a, ipak, nekako otkačenog tipa. A drugi, kao na primjer Nermin Alić Tufto, junak moga djetinjstva i legenda modričke čaršije 80-tih, otvoreno su mu priznavali "veliku pamet i načitanost". I sam mogu da potvrdim njegovo izvanredno poznavanje literature, posebno one koja se nije mogla naći na listama školske lektire. Lično sam mu zauvijek zahvalan za preporuku djela "Vrli novi svijet" Aldousa Huxleya. Taj njegov interes za književnost je bio, čini mi se, indirektan. On se prije svega interesirao za sve što je bilo vezano za hippie kulturu 60-tih godina, a posebno za rock-ikonu Jima Morrisona koji je inspirisan Huxleyevim esejom "The Doors of Perception" svoj band nazvao

"The Doors". S vremenom je Goran, moglo bi se reći, na tom polju postao pravi ekspert. Ohrabren filmom "Kosa" Miloša Formana i sam je s velikim talentom odglumivši šizofreniju ili kakvu drugu "opaku bolest" pred kojom su se zatvarale željezne kapije tadašnje JNA uspio da izbjegne služenje vojske. Za razliku od mnogih drugih poklonika svjetonazora poznatog pod nazivom "Sex, Drugs & Rock´n´Roll" on je, međutim, alkohol izbjegavao. O marihuani je imao pozitivnije mišljenje ali, u svakom slučaju do 1989-e, do kada sam se češće sretao i družio sa Goranom, nikada ga nisam doživio ni pijanog niti "napušenog". Bez obzira na to, izgleda da je dovoljna bila samo njegova duga kosa pa da među starijim Modričanima dođe na loš glas kao "hašišar", "drogeraš" i sl. Goran je, vjerujem, bio i prvi čovjek u Modriči koji je vježbao Yogu. Bio je neko vrijeme potpuno posvećen ovoj stvari. Satima je znao "meditirati" prema uputstvima priručnika koje je, pretpostavljam, donosio sa svojih putovanja rodbini u Zagreb jer u Modriči teško da se moglo naći takvu literaturu. S velikim žarom mi je pričao o istočnjačkoj filosofiji i o djelima nobelovca Hermanna Hessea koja su mu predstavljala inspiraciju na "njegovom putu za Katmandu" koji je ipak zauvijek ostao duhovne naravi.

Jedna druga njegova velika strast je bio ples. Istinski je uživao igrajući uz modernu muziku. Ako bi mu se neka stvar svidjela, kao npr. u ono vrijeme "If you love someone, set them free" od Stinga ili "We're on a road to nowhere" od Talking Headsa, potpuno bi se "otkačio", pao bi takoreći u plesni trans. Onako visok, mršav ali ipak sportski građen, moglo bi se reći da je imao čak i figuru plesača baleta. I mada je, kao što sam već spomenuo, uglavnom nosio dugu kosu, nikad se na ulici ne bi pojavio zapušten. Naprotiv, uvijek je bio, što kažu, "uredan i čist". A kako drukčije i može da izgleda sin jedinac? Možda je i ova njegova osobina doprinosila njegovoj bliskosti i čak prijateljskim odnosima sa mnogim modričkim djevojčicama i djevojkama. Od ovih njegovih nebrojenih poznanstava i prijateljstava i sâm sam katkad "imao koristi" jer me je on nesebično upoznavao sa nekima za koje sam nalazio simpatije. Posljednje takvo upoznavanje Goran mi je priredio u ljeto 1989. dok sam bio u Modriči na odsustvu iz JNA spontano inscenliravši ceremoniju vjenčanja u kasne večernje sate na betonskim stolovima modričke pijace. Djetinjasta igra u koju je uveo nas dvoje, ne samo ljetnjim vrelim zrakom zagrijanih "mladenaca", savršeno je funkcionirala. Te je večeri zahvaljujući

Goranovom talentu za teatralno počela i valjda nekoliko narednih mjeseci i potrajala moja veza sa jednom pametnom, lijepom i zgodnom modričkom plavušom, koja se "više pali na dečke koji voze moćne sportske motocikle a nikako ne na pješake" kakav sam bio ja, govorili su mi tada neki zavidni poznanici "onako u povjerenju".

Nakon nekoliko bezuspješnih pokušaja da i sam osvoji još koje žensko srce u Modriči Goran je svoju sreću počeo više tražiti i uspješno nalazio uglavnom među strankinjama za vrijeme ljetovanja na Jadranskom moru. Budući da je prilično dobro vladao engleskim, iako nikada nije imao nijednog časa nastave engleskog jezika, sve njegove prednosti u odnosu na druge Balkance mogle su doći do punog izražaja. Ne ponijevši mnogo novaca sa sobom znao je provesti gotovo cijelo ljeto na Jadranskoj obali uživajući financijsku podršku svojih podatnih i konvertibilnih ljubavnica "sa plavim eyes". Goran je, kažu, zauvijek napustio ovozemaljski svijet upravo tamo na Jadranu, u Poreču, ne dočekavši ljetnju sezonu 2007. Još uvijek nisam siguran da se neće iznenada pojaviti, iskrsnuti preda mnom, negdje u nekom mediteranskom gradu, na nekom prepunom trgu razdraganog svijeta sa širokim osmjehom na licu i sunčanim naočalama zabačenim iznad visokog čela.

Goran Jazvin - Čifut, Čifi – '80-tih prošlog i početkom ovog vijeka

SENAD TEŠANOVIĆ YETI

pišu: **Franjo Šerić, Pero Čović, pokojni Zdenko Čolić Mujica**

Ovo je priča o jednom neobično nadarenom, miroljubivom, dobrom i nadasve vrlo interesantom liku Senadu Tešanoviću, svima poznatijim kao Yeti.

reklame deterdženta Yeti na kutijama šibica

U našoj maloj čaršiji ljudi su bili prepoznatljiviji po nadimku nego po pravom imenu i prezimenu, a kako je Jety dobio svoj nadimak najbolje je opisao profesor Franjo Šerić. U vrijeme kada se pojavio deterdžent Yeti, reklame za taj deterdžent su tada bile na kutijama šibica a jedna od glavnih zabava je bilo skupljanje sličica sa tih šibica. Senad je bio glavni i za taj "sport". I eto tako je dobio nadimak Yeti. Tad su na šibicama bile i slike ptica, a Yeti je znao svaku kako se zove, iako je imao 3-4 godine i nije znao čitati. Za orla ribara je govorio: "oravo ribavo". A, pošto je bio iz obitelji koja se bavila glazbom, u to je doba stalno pjevao:"Od kuće do kuće po selu se ćapuće". To je bilo nešto iz maminog repertoara.

Često sam imao priliku provesti lijepe i zanimljive trenutke u druženju sa Yetyem a dosta ljudi, počevši od poznatijih modričkih faca kako što su Ekrem, Ujko Lav, Jovo Danguba, Hočko, voljeli su Yetija i Yeti njih također. Bio je to boem u pravom značenju te riječi.

Svi koji se sjećaju stare gimnazije Sutjeske znaju da je Yeti na njezinom košarkaškom igralištu u to vrijeme bio inventar. Igrao je basket, mali nogomet, stolni tenis i bio među boljima a da nikada zaozbiljno nije ništa trenirao, izuzev možda stolnog tenisa...zaista, neobično nadaren čovjek!

Yeti je u to vrijeme, početkom devedesetih, živio sam u prizemlju kafane Mendosino koju je u to vrijeme držao njegov brat Srđan, zvani Čaruga, a koja im je ostala u nasljedstvu od njihovih roditelja.

E sad, kad bi taj Mendosino imao usta i kad bi mogao ispričati nam sve te dogodovštine koje su se zbivale potkraj osamdesetih i početkom devedesetih godina, svi bismo mi imali jednu jako lijepu kolekciju priča o likovima poput Ujke Lava, Šime, Milka, Kehana, Romea, Zlatka Perkovića Majstora, njegovog brata Marinka, Vinka Stivčića Draksija, Pere Bakšiša, Romeovog ujaka, kojem sam zaboravio ime, i mnogih drugih, koji su znali dočekati sitne sate u Mendosinu, kad u Modriči više ništa nije radilo sem Alagine kafane, a naravno i Optime u Dobrinji. Ti su ljudi u to vrijeme bili face, htjeli mi to priznati ili ne. Danas su nešto drugačija vremena pa možda malo i mi sami razmišljamo na drugi način.

Kao što znamo, Yeti je bio i dobar kockar. Po mom skromnom mišljenju, jedan od boljih igrača pokera, kojega sam za svog života imao prilike sresti i vidjeti na djelu. Eh, kad se sjetim kako se živjelo u Modriči, a ovo vam pišem kao da sam sada tamo, bez ikakvih predrasuda i osvrtanja na današnje vrijeme. Tu titulu smo mu morali priznati svi, ja prvi, a onda i ostali svjedoci i učesnici tih lijepih vremena - Buco, Milko, Jovica (Optima), Brzi i njegov brat, Šera, Čedo Cvijanović i Mirko, koji je držao stari hotel u to vrijeme. Neki su tada govorili da sam i ja bio dobar igrač. Eh, opet mi se uzdah ote kad se sjetih šta smo jutara tamo igrajući dočekali. A osim nas je bilo i mnogih drugih koji su znali navraćati u Modriču u potrazi za svojom kockarskom srećom.

Neki su dolazili nadajući se lakom dobitku i sjećam se dobro svih partija bilijara koje je Yeti odigrao i sa takvima. Bio je daleko najbolji Modričanin u bilijaru i nikada nikome nije otkazao gostoprimstvo unatoč tome što je znao da su mnogi koji su nas posjećivali u to vrijeme bili za klasu jači od njeg. Ja bih rekao da se to zove "čojstvo".

I pokojni Zdenko Čolić Mujica bio je svjedok njegovim bilijarskim majstorlucima. Pisao je, "kao u kaubojskim filmovima, niotkud se pojavi, on sam protiv "zloglasnih" osvetnika, lako pobjeđuje i lovu svima odnosi. Čak je jednom rukom znao igrati protiv ostalih." A najbolje mu je bila ostala u sjećanju jedna takva igra protiv našeg Modričanina sa nadimkom Kuba. Znao je Mujica te partije gledati otprilike 2-3 sata, i prisjećao se jednom jednog takvog obračuna: "Gledao sam Yetia kako igra s jednim čovjekom toliko dugo da sam ogladnio, otišao i kući na ručak, a kad sam se opet vratio, oko 17 sati, protivnici su i dalje igrali ćuteći, samo se zvuk kugli čuo. Tog dana je rezultat bio, slagat ću, ali otprilike mislim da je bilo 23-23, a onda, čini mi se, oko 22 sata, kad je rezultat bio 35-33 za Yetija, njegov je protivnik samo odložio štap na stol i rekao Senadu:

- Čestitam, mali! - i izašao vani.

Nikad Mujica više nije vidio tog čovjeka koji je igrao protiv Yetia, a sumnja i da ga je neko od ostalih gledalaca ikad vidio. Bio je to neki profesionalac, očito, ali eto i tog profila je Yeti nakon 60 partija ipak pobjedio, takoreći izuo i uzeo mu lovu. Pošto je Yeti bio hiper talenat u svemu, mislio je Mujica, da se probao u pljuvanju u dalj on bi čak i u tome pobjeđivao na sebi svojstven maestralan način. A možda i jeste. Ko će ga znati.

Vjerujem da su mnogi čuli ovu priču, koju ću vam sad ispričati, a odnosi se na partiju pokera koju je Yeti odigrao sa izvjesnim Nedom iz Novog grada. Taj Nedo je bio vlasnik kafane koja se nalazila sa lijeve strane u samom centru Novog grada. Nedo je bio poznat po tome što je volio kockati, a najdraže mu je bilo igrati poker ali isključivo sa svojim kartama! Te karte su bile srezane, to jest kečevi i kraljevi su bili srezani i prilikom miješanja tih karata vi uvijek znate gdje se nalaze ti kečevi i kraljevi. I Yeti je to naravno znao! Valja napomenuti da su se dakako Nedo i naš junak priče Yeti poznavali. Nedo niti u ludilu ne bi pristao da igra jednu poštenu partiju pokera sa Yetijem jer je znao da su mu šanse u takvoj igri skoro nikakve, rekao bih, skoro kao teletu pred mesarom! Taj put je predložio Yetiju da igraju sa njegovim kartama što je Yeti i prihvatio unaprijed znajući da su Nedine karte srezane.

I tako igraju oni, igraju, i malo po malo Yeti je počeo da pobjeđuje Nedu i uzima mu novac. Nenaviknut na gubitak, za to vrijeme prilično ozbiljan, počeo Nedo da se sav crveni i nikako mu nije bilo jasno šta ga je snašlo. A Yeti, stari majstor, da začini igru, u međuvremenu sakrije jednog keca i jednog kralja, a Nedo, kako god miješa, vidi da nešto nije uredu, a ne može da dokuči u čemu je problem. Sve je to trajalo dok se u kafani nije pojavio jedan vozač kamiona, koji je odnekud navratio već polupijan. Kad je popio još koju, stao i on da gleda tu partiju pokera i nakon nekog vremena reče:

- Tu fali karti! - a jedva da sjedi na stolici koliko je pijan.

Yeti i Nedo nisu obraćali pažnju na tog šofera kamiona dok Nedo nije počeo da gubi još više. Kad je na kraju skužio da nešto nije uredu, pruži Yetiju ruku i blago mu reče:

- Igra je završena. izgubio sam koliko sam izgubio, ja sad idem u WC, a ti mi za to vrijeme vrati moje karte jer će mi trebati protiv drugih igrača, a tebi čestitam.

I tako ode Nedo u WC, a kad se vratio sve su karte bile uredno na broju, svih 32.

Eto, ovo je bila jedna od priča iz života našega Yetija, jednog zaista talentiranog, dobrodušnog i nadarenog čovjeka.

STARE FACE IZ MODRIČE

piše: **Franjo Šerić**

Baba Duja

Po mome sjećanju, najstarija "faca" u Modriči je baba Duja. Malo je onih na internetu koji se mogu nje sjetiti. Trebalo se roditi "pedeset i neke". Dolazila je u Modriču vrlo često. Zarađivala je na originalan način: ljudi su joj plaćali da pjeva. I ona je pjevala. Za dinar, za dva za pet. Ne vjerujem da je ikada dobila banku. Često su joj davali i nevažeće dinare iz "stare Jugoslavije" a ona bi pjevala jednako kao da su novi. Moram priznati da nikad ni jednu riječ iz njezine pjesme nisam razumio.

Nosila je motku koja joj je služila kao štap, i torbu. Valjda je ta torba dala ideju mamama da djecu "discipliniraju" prijetnjom:"Ako ne budes sluš'o (slušala) odnijet će te baba Duja". I tako je baba Duja, ni kriva ni dužna, postala strah i trepet za djecu u Modriči. A kako mi sada moja žena potvrdi, i u Šamcu su djecu plašili baba Dujom. Vjerujem da će se Kojšino i sada uplašiti, ako slučajno pročita ovaj tekst.

Ne znam odakle je bila. Znam samo da je iz Modriče odlazila pored moje kuće, prema Dobrinji. Neki su pričali da ima sina oficira ali da ovaj za nju ne mari.

Kao što se niotkud jednom pojavila, tako je jednostavno i nestala. I sa ovoga svijeta a i iz naših sjećanja.

Ševal Majmunica

Sa Ševalom zvanim "Majmunica" išao sam u isti razred, od prvog do petog razreda. Drugi i treći razred smo i mi išli u učionicu uređenu u bivšoj ćenifi. Izdržalo se. Ševal je bio dobar đak. Solidna četvorka.

A onda nam je u peti razred stig'o ponavljač, Hočko. I braća su tad krenula zajedno. Malo idu u školu, malo ne idu. Jednoga dana, u sred sata njemačkog jezika, dovede Ševala i Hočku njihov otac. Svez'o ih kanafom jednog za drugog a da ne bi pobjegli svez'o drugom kanafom kao kajasama i tako ih uveo u razred. Podebelom šibom je usmjeravao njihovo kretanje.

Ljilja Šefkijina je bila na satu. Kao mlada početnica, zbunila se i nije znala što da učini. Ali, otac je znao. I njoj i nama održao je kratko predavanje:

"Evo, ja sam ih posl'o u školu. Nije mi bilo lako kupit' sve što im treba. A oni, umjesto u školu, hodaju po čaršiji. E, sad ćete vidjeti kako treba s njima". Onda je šiba proradila. Ljilja se malo pribrala i zamolila ga da ih ne tuče. Posluš'o je ali je dodao:

"Nisu zaslužili da sjede k'o ostala djeca. Neka za kaznu idu iza table i odande neka prate nastavu."

Onda ih je odvez'o i otjerao iza table. Ljilji je svanulo kad je izašao.

Međutim, očeva pedagogija nije polučila neki rezultat. Taj dan im je bio zadnji dan redovnog školovanja. Iako sam s Hočkom išao zajedno u razred jedva dva mjeseca, kad god me je vidio pozdravljao me je: "Gdje si školski !!!"

Suljke

Dok je Suljke prodavao "oranžadu" u vlaku na relaciji Modriča-Šamac, koristio je uzvik:"Želi njetko oranžadu ?" Kad je promjenio biznis, koristio se uzvikom:"Evo mene prevoznika! Prevozim sve živo i mrtvo!". Inače "oranžadu" je pravio u domaćoj radinosti od "Vital-granula" (preteča "Cedevite").

Suljke je imao i biznis u vlaku: tombolu. A glavni zoditak je bio "sat budalac".

"sat budalac" je sat budilnik, ura budilica ili vekerica. Naravno da nitko nikada nije osvojio kod njega glavni zgoditak. To bi lakše bilo osvojiti na sportskoj prognozi. Jedan od đaka putnika je bio Suljketov tajni suradnik. On bi u startu dobio glavnu nagradu, sat budalac. A onda bi u Šamcu, kad izađu iz vlaka, Suljketu vratio sat a Suljke njemu novac za tombolu.

Košpa

Ja sam kao student znao "Osječkim" vlakom ići do Sikirevaca pa dalje auto-stopom do Zagreba. Istim vlakom su često išli Košpa i još tri kompanjona za šibicarenje. Svi smo izlazili u Sikirevcima. Par puta su putnici iz vlaka znali psovati majku nama koji smo izašli jer su upamtili šibicare. Ja sam bio usputna žrtva.

Najbolji od statista je bio jedan momak koji je rano postao prosjed. Kad sjedne u kupe i uzme čitati novine, svi bi za njega rekli da je, u najmanju ruku, doktor.

Selim Osmanović

Selim i ja smo dineri. Znam ga još iz vremena kada je hodao posve gol po čaršiji.

Možda neki od ove mlađarije neće vjerovati, ali u naše doba je bilo najnormalnije da djeca koja nisu krenula u školu ljeti hodaju posve gola. To je trajalo, otprilike, do 1960. Godine. Poslije je taj lijepi običaj nestao. Tako je i Selim preselio u glotane gaće i krenuo u školu. Išao je desetak dana i zaključio da je naučio sve što bi mu moglo za nešto koristiti. Napustio je to školovanje i nastavio usavršavanje na čaršiji.

* * *

Pošto o Selimu znamo dosta toga, ja bih spomenuo njegovog oca Agu Cincara.

Iako je Selim postao slavan, teško da je dostigao svoga oca. Ne znam iz kojeg razloga, tko je htio naljutiti Agu koristio je rugalicu:

"Ago Cincar, prrrrrrrrrr !"

Tata mi je pričao da je Agu angažirao svaki put kada bi kupovao konja. Konji su se najčešće kupovali na vašerima. Tata bi Agi platio "dnevnicu" i s njima išao na vašer da mu Ago izabere konja. Ago je u tom poslu bio stručnjak bez kojem nije bilo ravna.

* * *

Doš'o Selim u dom zdravlja, u hitnu, na nekakvo previjanje.

Nije imao nikakvu knjižicu već sestri dao nekakav papir. Čita sestra, a očito nije znala s kim ima posla pa mu veli:

"Ovo ti više ne vrijedi."

"Kako ne vrijedi?", buni se Selim,"Nebojša lično mi to dao!"

"Ali, istek'o je rok, ne vrijedi više", uporna je sestra.

Vidi Selim da mora drugačije, pa upita sestru:

"Dobro, ako ne vrijedi ta potvrda, donijet ću ja sikiru, to uvijek pomaže !"

Sestra je popustila i previla ga i bez nove "potvrde".

SELIM PRKAN

piše: **Zaharije Domazet**

Druže sudija

Nekada sam i ja bio stanovnik Potok Mahale i kao dječak sa ostalom djecom miješao kolače od blata. Stanovao sam u onoj zgradurini koja je bila vlasništvo Šaćira Barakovića. Bilo je to tamo negdje 1952. ili 1953. godine

Jedan od zanimljivijih likova zadnjih decenija prošlog vijeka te Potok Mahale bio je i Selim Prkan, nekadašnji Straževački Car. Bilo bi šteta ne spomenuti ga, tim prije što se za njim vuku tragovi koji izazivaju istovremeno i smijeh i sprdnju.

Jedan od događaja, koji su se rado i sa simpatijama prepričavali u Modriči, bio je i iskaz sudiji. Nisam siguran o kojem je sudiji bilo riječ, ali mislim da je to mogao biti Dragan Davidović. Naime, sudilo se o incidentu koji se zbio u čuvenoj Grujinoj kafani, kasnije znanoj kao "Kod 4 sise".

Selimova izjava je išla otprilike ovako:

"Druže sudija, ja i moj rođak, Muradif Alemanović, sin Mehe iz Modriče, ima brata Berku, radi u Njemačku, sjedili smo kod "4 sise" i pili smo. I sve je bilo u redu, druže sudija, dok nije došao Košpa i počeo da nas provocira, da oprostiš, zajebava. Onda je moj rođak,

Muradif Alemanović, sin Mehe iz Modriče, ima brata Berku, radi u Njemačku, ustao i rekao - Košpa imaš svoje piće i troši ga! No to, druže sudija, Košpi nije bilo dovoljno, on je nastavio da nas provocira, da oprostiš, zajebava. Iz džuboksa je uključio moju omiljenu pjesmu "Aldijana vrati se", a mome Atifu je tuk'o čvoke u ćelavu glavu. Onda je moj rođak, Muradif Alemanović, sin Mehe iz Modriče, ima brata Berku, radi u Njemačku, ust'o, prišao Košpi i naštelio ga šakom u stomak. Košpa je pao, a ja, druže sudija, nisam mogao da se suzdržim, pa sam sjeo na njega i naštelio ga dva puta šakom u glavu. Košpa je, druže sudija, počeo da čiči, ne znam da li od moje težine ili od mojih udaraca. Tako smo mi u tom položaju dočekali dolazak narodnih organa, koji su nas odmah sproveli u muriju. A to što me pitaš kad je to bilo, ne mogu tačno da se sjetim, ali znam da je na istom mjestu prije dvije večeri fasov'o i Gušter."

Selim Osmanović

Selimov poslovni prijedlog

Kao što obećah u onom obraćanju povodom rođendana evo čašćave, odnosno priče o Selimu, iz druge je ruke, izvor nije želio da mu se ime spominje ali je priča 100% autentična. Naime, dotični drug koji mi je ovo ispričao bio je načelnik u opštini, a njegov resor je pokrivao i slučajeve kakav je bio i Selim. Ovdje ću pokušati spojiti tri različita događaja u jednu priču jer su svi na neki način povezani a tok priče će pokazati i kako. Pa da krenemo iz početka, odnosno od unazad, tako nekako je kod Selima i išlo kao neka default opcija. Elem priča ide ovako (pričam radi pojednostavljenja u prvom licu kao dotični načelnik):

Dolazim ja jedno jutro na posao, kancelarija je bila u jednoj od onih zgrada u parku, i negdje oko 9 sati u kancelariju upada Cigančica, 15-tak godina, ljepuškasta, sva izvan sebe, dobro prestašena, govori: "Ne dajte me, ubiće me"... Meni ništa nije jasno, upada mi u kancelariju bez kucanja, pitam - ko će je ubiti a ona opet: "Joj, ubiće me"...Ja opet pitam - ko, a ona "Pa Selim, eno ga hoda po parku traži me sa sikirom, ako me nađe ubiće me, tako mi je rek'o"... Pogledam kroz prozor, vidim Selima, hoda po parku, zaviruje u žbunje, al nema sikire. Kažem ja njoj da nema sikire a ona će meni: "Ma ima, sakrio je on sikiru u onaj žbunj," i pokaza mi kroz prozor u koji žbunj je sakrio sikiru. Ja onda nazovem stanicu milicije i kažem da mi pod hitno pošalju 2 milicinara, i oni se stvoriše tu za manje od 5 minuta. Ja im onda reknem da pregledaju žbun koji mi je mala pokazala ali onako diskretno da Selim ne primijeti i oni odoše. Ja nju onda pitam zašto je Selim progoni a ona reče: "Znate gospodin načelnik, tamo na Straževcu ima nas nekoliko curica već smo malo narasle a njih nekoliko stalno zagledaju u nas i sve pomalo jednu po jednu ufate za ruku i vode pravo u krevet da nas j..u. Selim skrvio na mene a ja neću, nije mi još vrijeme i to sam mu rekla a on mi je rek'o da će me ubit ako mu ne dadnem. Od tad me stalno ganja i evo jutros me umal' nije ufatio i ubio sikirom". U tom momentu neko pokuca na vrata a ona se skamenila od straha, kaže "To je on, ubiće me!" U kancelariju ulazi jedan od službenika noseći neke papire na potpis, a za njim i ona 2 milicionara i kažu da su sve pregledali a da sikire nigdje nema. Selim je očigledno znao kako to dobro sakriti. Ja njima kažem da sjednu u hodniku i da još malo pričekaju jer sam očekivao da bi mogli zatrebati, a njoj sam rekao da uđe u susjednu kancelariju u koju se ulazilo direktno iz moje a nije se moglo ući iz hodnika. Malo zatim otvaraju se vrata, onako do pola, Selim zaviruje u kancelariju a ja se kao izderem: "Kako to ulaziš, vrati se i lijepo pokucaj i čekaj da te pozovem!" Izađe Selim pa onda pokuca i kad ja rekoh da uđe, on uđe, obazire se po kancelariji ali ne govori ništa. Onda ga ja upitam zašto je došao, i ako je došao zbog one male da je se okane jer bi mogao loše završiti, oni milicionari u hodniku samo čekaju da ih pozovem a onda zna se. Selim se pravi lud, kao kakve male, nema on veze ni sa kakvom malom, a ja mu kažem:"Ona mala što je ti progoniš i prijetiš joj sikirom, ti si oženjen čovjek, imaš i djecu i ne priliči tebi da proganjaš druge, pogotovo maloljetne, znaš koliko bi zatvora zaglavio", našto on onako kao dobroćudno: "Ma jel' ta? Ma nemam ja s njom ništa, i neću ja njoj ništa, majke mi moje, al' sa njenom braćom ja imam itekakvog posla, vidićeš ti, druže načelniče, da sam ja prošle godine bio u pravu kad sam vam nudio kuću". Ja ga onda pitam šta traži ovdje ako sa njom nema ništa, a on: "Ja sam prekjuče bio u Sarajevu kod druga Mate Andrića (Mato Andrić je tada bio ili u predsjedništvu BiH ili čak predsjednik CKSKBiH) i pit'o ga da mi da pos'o a on mi reče da dođem do tebe i da ti kažem da ti je on poručio da mi nađeš neki pos'o, ja ovako dalje ne mogu, eto zato sam doš'o". Gledam ja u njega, snašao se on u sekundi, ali vidim nešto mu viri iz nosa pa ga pitam onako malo u zajebanciji: "Boga ti Selime jel' ti to mindjuša u nosu?" Pipa se on po nosu i pita "Jel' ovo? Nije to minđuša već kopča, to su mi stavili u domu zdravlja a to su mi njena braća napravila. Al' nema veze ufatiću ja njih jednog po jednog pa ću i ja njih sredit ovako il' gore, a onda će oni ufatit' mene pa će oni sredit mene a vi ćete na kraju opet sve platit' bolnicu za sve nas, pa ti sad vidi jel vam se bolje isplatilo da ste od mene kupili kuću i riješili me se za sva vremena. A njoj slobodno reci da ja njoj neću ništa al' nek me se njena braća dobro čuvaju", a za tim ode. Nedugo za tim, nakon što su milicionari provjerili da je zrak čist i da Selima nema otišla je i ta Cigančica.

Priča koja je prethodila ovoj bio je ustvari Selimov poslovni prijedlog istom načelniku.

Došao on jedan dan i kaže: "Druže načelniče jelde ja vas poprilično koštam svake godine. Znam ja da ja nisam svetac i da vam pravim probleme al evo da vi od mene kupite onu kuću što ste mi napravili (u RPM) a ja ću se potpisat da moja noga nikad više neće stupit na teritoriju ove opštine, nikad više nećete čut' za mene. Ja bi sa tim parama otiš'o tamo kod Banja Luke, ima tamo naselje - cigansko Veseli Breg, tamo mi je i brat Aljo, ja bi' uložio te pare i potjer'o biznis sa njim, i eto, potpisaću da me zatvorite doživotno ako se ikad pojavim ovdje". Ja onda Selimu objasnim da je to opštinsko vlasništvo dato njemu na korištenje i da on ne može prodati nešto što nije njegovo, međutim, Selim uporan: "Vi mene znate, ja volim popit', a onda se volim i pobit', a i drugi vole da biju mene, i svaki put - il' ja il' neko od njih završi il' u domu zdravlja il' u bolnici a onda svi računi dođu vama – opštini, da to platite. A onda kad ja ozdravim, il' oni, nema veze, onda ja sredim nekog od njih il' oni mene, pa onda opet bolnica, računi i opet vi platite, i kad sračunate ovo se isplati i vama i meni. A osim toga, ne mogu više da trpim ovo ovdje - ovo je čisti teror što milicija provodi na nama. Svakog pazarnog dana mi se saberemo u kafani "Kod 4 sise", a onda dođu oni pa nas pokupe tamo u muriju i ubiju boga u nama. Odvedu nas u onu mračnu sobu, pa udaraju i misle da ja ne znam ko me udara. Možda i ne znam sve, al kad me Krsto udari, to uvijek poznam i osjetim, mogu oni gasit' svjetlo kol'ko hoće". Onda skine košulju i majicu i pokazuje leđa a ona šarena, puna masnica i ožiljaka a on pokazuje: "Ovo je od Fadila, ovo je od Rifata, a ove (3 ili 4 najveće) one su od Krste". No i pored svih tih argumenata Selim nije uspio progurati taj svoj poslovni prijedlog.

Alija je genija

A prije jedno 30-tak godina došao Selimov brat Aljo da posjeti brata, rodni Straževac i Modriču. Bio je to događaj za građane MZ Straževac otprilike kao da ih je posjetio neki državnik ili neko takvog kalibra. Sjedilo se i pilo na Bosni cijeli taj dan (Bilo je ljeto, vrijeme kao izmišljeno) i negdje predveče, sunce još nije bilo zašlo, idu oni sa Bosne onako kao na paradi. Naprijed Selimov Atif (mogao je imati 6 ili 7 godina), nogu pred nogu nosi gramofon (baterijski) na gramofonu longplejka Serbezovskog, ori se kao na vašeru, a Atif polako, kao po jajima, ned'o bog da ploča preskoči odmah bi uslijedio degenek. Za njim jedno 5-6 koraka idu Selim i Aljo, zagrljeni, pijani k'o crna zemlja, a za njima ostala bratija, flaša ide iz ruke u ruku i oni tako polako kroz čaršiju pa pravac motel. Tamo su opet ostali do fajronta, napravili lom za pamćenje ali su sve platili i debelo preplatili tako da niko nije zvao narodne organe na intervenciju, jedino je najebala muzika, jer su cijelu noć morali da sviraju jednu jedinu pjesmu, malo prilagodjenog teksta, opet onu od Serbezovskog a izmijenjeni dio je, vjerovatno u čast gosta išao nekako ovako: "Neću babo Alije, Alija je genija, on će da se opija ..." Prvi dio - povratak sa Bosne i paradu kroz čaršiju sam imao priliku vidjeti a ovaj drugi dio - na motelu - čuo sam od onih koji su se zadesili tamo.

BILO JEDNOM U MODRIČI

piše: **Zaharije Domazet**

Na stadionu

Onaj video klip o gađanju lubenicama što je kružio po internetu podsjetio me na neke stvari od prije gotovo 50 godina, na neka sjećanja radi kojih bi Modriču fakat trebalo izmisliti da je nije bilo. Nekad se FK Modriča zvao FK Napredak, i opstajao je kako je opstajao, nije bilo stadiona kakvog danas pamtimo, bilo je veliko igralište ograđeno visokom tarabom od puta, sa desne strane malo niža taraba a preko tarabe ciganluk i golovi okrenuti poprijeko u odnosu na ono kako su postavljeni sada. Na stadionu je bio i domar, Sakib Sarvan zvani Ronac, tamo je u klupskoj zgradi i živio, održavao opremu i stadion i rukovao razglasom. Jednom, oko podneva, a bio je pazarni dan, zaorio se glas iz pravca stadiona, pijaca puna svijeta, svi se zagledaju u čudu kad se zaorilo: "Jedan - dva, proba, Herdići, Herdići, majku vam jebem, gon'te ovce s igrališća!" To se oglasio Sakib (odvrnuo razglas do daske) kad je vidio da su ovi pustili ovce na teren koji je bio pod njegovom jurisdikcijom. Mi smo ponekad tamo ponekad išli poigrati lopte kad nije bilo treninga i za to smo imali jednostavnu šemu: saberemo 8 žutih banki i kupimo kutiju sarajevske Morave i onda odemo na stadion i pitamo Sakiba da nas pusti da malo igramo lopte. On se kao protivi ne može to, nije to Alajbegova slama a mi onda kao rezignirano:"Jebi ga majstor Sakibe šta ćemo s ovim cigarama, niko od nas ne puši a mi tebi eto donijeli"...Onda bi se on k'o fol malo smekšao i rekao bi: "Ma pustio bih ja vas al' da mi je nać' onog što mi je 'sov'o mater!" A mi bi onda u glas: "Ma nema njega s nama, ne smije on ni da prismrdi ovamo". I tu bi posao bio sklopljen, mi njemu cigare a on nas pusti na "igrališće", još nam i loptu dadne i tako je to išlo. I tako, jednog ljeta bio neki turnir u Garevcu ili tamo negdje, pobjedniku turnira bi pripala garnitura dresova (komplet oprema), pa onda drugom nova fudbalska lopta i tako to. Mi smo normalno išli da navijamo za naše starije drugare a to igralište je bilo negdje pokraj ceste, sve otvoreno, prilaz sa ceste a sa tri strane kukuruzi, tek možda desetak metara čistine pored aut-linije za publiku. Ide tako turnir, dvije seoske ekipe se tamo lome za pobjedu i u jednom momentu lopta u aut, to jest u kukuruze. Jedan igrač otrči po loptu, istrčava iz kukuruza i baca aut. Dvojica skaču na loptu jedan je nadvisio, udara loptu glavom i složi se na travu ko cjeplja, a "lopta" koja se odbila jedno 2 metra, pada na zemlju i raspada se. Mangup je u stvari u žitu pokupio bundavu koja je bila gotovo idealno okrugla i iste veličine kao i lopta pa je odlučio da se našali i pri tome zamalo nije ubio svog suigrača. A ko zna, možda je prebijao sa njim i neke stare račune?

Na vašerima

O vašerima u Modriči ne bih nadugo i naširoko. Kako se Modriča gradila tako su i vašeri gubili na značaju, no u vrijeme kad sam bio klinac ili, recimo omladinac, to je ipak bio događaj. Modriča je na kratko postajala centar svijeta, slijevalo se raje odsvakuda a cirkusi, ringišpili i konjare su bili poprilična atrakcija za sve koji su si mogli priuštiti koju žutu banku.

Jednom tako među mnogobrojnim i zanimljivim likovima je došla i neka manja trupa sa nekom "Glavom koja sve zna, sve pogađa". Ulaz za odrasle 3 banke, za djecu i vojnike banka i tako to. Prekabulim ti ja tako banku i uđem da vidim to čudo koje nije imalo ni čestitu šatru, samo ograđen prostor sa nekoliko stubova, cirada (ili neko platno) visine 2 metra i jedna rupa kraj koje je bio sto sa blagajnikom, a kroz tu rupu ili poderotinu se ulazilo.

Prizor unutra: Jedan dio te ograđene prostorije odijeljen nekim crnim zastorom, tik uz zastor sto a na stolu neki poveći pehar i u peharu stvarno glava, prava ljudska glava plave kovrdžave (i prilinčo zamašćene) kose. Kad se dio za publiku napunio, a nije nas moglo stati više od 20-tak, započeo je program. Dolazi nekakav voditelj, predstavlja glavu, postavlja pitanja a glava odgovara nekakvim piskavim, prije bih rekao škripavom glasom, pogađa karte te imena sa ličnih karti posjetilaca, a onda odjednom poče da se mršti, pravi grimase, poče da šalje nekog tamo pozadi u materinu i nakon 4-5 minuta te agonije, pehar se prevrnu, glava nestade iza crnog zastora, ogradi se tamo iza tog istog zastora (to bi se danas zvalo "backstage") neka frka, ganjanje, a onaj jad od šatre se sruši i ukaza se nešto kao platforma. Ustvari to su bile dvije skele pa onda nekoliko dasaka, a na njima vlasnik glave sjedi i pipa se po tijelu dok dvojica-trojica iz te trupe ganjaju neke klince koje, normalno, nisu mogli uhvatiti jer su ovi šmugnuli među svijet koga je bilo koliko hoćeš.

I šta se ustvari događalo: oni su instalirali tu platformicu, postavili crni zastor, tip je legao sa druge strane, proturio glavu kroz zastor i onda glumatao to što je glumatao, komunikacija između njega i voditelja je očigledno išla dobro jer je karte i imena pogađao bez greške. No, foru su prokužili lokalni klinci, ne sjećam se više koji su to bili, mislim negdje od Herdića, provukli se pozadi u taj "backstage" i počeli tog jadnika da mrcvare. Prvo su ga bockali nekim klipama u rebra i guzicu a onda počeli da biju po njemu kao po mješini. Tako se taj show program završio prije nego što je stvarno i počeo, a mi ostali prikraćeni što nam pare nisu vratili jer oni su se spakovali i nestali u roku od jednog sata i više se nisu pojavljivali u Modriči.

Nekih 15-tak godina kasnije, a možda i više, prolazio sam kroz taj isti vašer sjećajući se onog dijela sa šatrama i backstage frke. A tog puta umjesto glave koja sve zna i odgovara na sva pitanja, ugledam šatru sa janjcima i pićem i čujem kako Sule Mešić pjeva dok razvlači harmoniku, a onda u po pjesme dovikne u mikrofon:

"Asife*! Šalji pare, prekinuću pjesmu!"

---

*nisam siguran, ali mislim da se tako zvao

45

U Gradskoj kafani

Mjesto zbivanja nije bio vašer nego gradska kafana a ni ja nisam bio svjedok toga ali sam to čuo od pokojnog Gorana Ramića dok sam radio u Rafineriji, a mislim da je to bilo ili u kasnim sedamdesetim ili početkom osamdesetih prošlog stoljeća. Naime, grupa Brđana (iz mahale poviš' nekadašnjeg Bumbara) se okupila u gradskoj i napravili turnir u laganju. Cilj je bio izvaliti što veću i po mogućnosti smješniju laž. Bilo je tu svakakvih provala, a dvije ubjedljivo najbolje su bile ove (nisam dokučio koje je koja mjesto zauzela al' nije ni bitno):

Pripovjedač prvi: "Sjedim ti ja neki dan u sobi, vidim mati gleda nešto kroz prozor u avliju, pa će ti meni: - Vidiš onu kokoš, haman je bolesna, idi ufati je i zakolji dok nije krepala, može se od nje još dosta toga iskoristit´. Pogledam ja - nastavi pripovjedač - kad stvarno kokoš okrenula glavu ulijevo i stalno gleda ulijevo, nema veze ide li desno, lijevo ili pravo. Izađem ja, ufatim kokoš, uzmem sikiru, ošinem, al' jest' ja! Odskoči sikira a kokoš još u jednom komadu, glava na svom mjestu. Ošinem ja jače, sikira opet odskoči a glava nikako da otpadne. Pogledam bolje, kad ono tamo ona progutala ekser, i to desetku i ekser zaglavio u jednjaku pa joj to ukočilo vrat..."

Pripovjedač drugi: "Zasukali se ja i žena prije par dana da okrečimo sobu, digli sve stvari iznjeli napolje, razmutili kreč u leđenu i odemo u mutvak da popijemu kafu, da kreč malo odstoji i ako ima koja grudica da se i to rastopi. Popili mi tako kafu i nazad na pos'o, uđemo u sobu, a tamo leđen prazan a mačka kraj njega, napela se ko bure, hoće da pukne. Vidim ja šta je - mislila budala da je mlijeko pa sav kreč popila. Kontam šta ću, da odem kupit' još kreča, jer smo sav bili razmutili, prođe dan, kad bi se soba osušila, a ja onda ufatim mačku, stisnem je pod pazuh, nabijem joj prst u guzicu pa stiskaj, stiskaj, a onaj kreč sav njoj na nos izlazi, ma ispalo dobro, nikakav prskavac ne bi bolji pos'o uradio."

Eto i tako se znalo vrijeme ubijati po čaršiji, a ako neko još zna nešto o ovom turniru, bilo bi lijepo da doda i upotpuni, ja sam zapamtio ovoliko.

Još nešto iz Gradske

Elaborirajući onu Galinu temu o kućnim ljubimcima, Azzarov komentar me podsjeti na jedan događaj iz Gradske kafane koji je vrijedno spomenuti i radi čega bi, kako to Latin lijepo reče, Modriču, da je nema, trebalo izmisliti. Akteri su opet Brđani što su u Gradskoj pravili olimpijadu u laganju. Sjelo društvo u Gradsku a jedan od njih donio horoza, živog. Kad su već bili pod naponom (ko zna u kom decu), napiju oni i horoza, nisam bio prisutan, pa ne znam kojom tehnikom. Elem, Horo se napio i počeo da pjeva i kukuriče da se orilo po gradskoj, a raja se valjala po stolovima od smijeha. Horoz kukuriče, ne zna da stane, bilo je oko 9 ili pola deset navečer, horoza dreka stoji a mangupi, valjda u namjeri da ga malo utišaju ili da šou podignu na viši nivo naruče još i štamplić zejtina. Kad je konobar donio zejtin onda jedan od prisutnih umoči prst u čašu pa onda gurne horozu u guzicu i dobro ga podmaže odostraga. Rezultat je bio taj da je horoz umjesto kukurikanja počeo da krklja a ovamo na "auspuh" da prdi onako positno dok nije "ulitao" onog što ga je podmazivao. Na neki način mu je ipak vratio. Kako se sa njim završilo, da li je odmamurao, završio u loncu ili uginuo od ciroze jetre ne znam, a bilo je podavno, tako da se više i ne sjećam ko mi je to i ispričao.

U Rafineriji

Ovo je anegdota iz sadašnje Rafinerije ulja u Modriči. Mnogi ne znaju da se ta rafinerija razvila iz male firme zvane "Bosnahem" koja je svaštarila, radila kolomast za zaprežna kola, razna ulja i slične potrepštine za vrlo malo tržište. Početkom šezdesetih godina prošlog vijeka dolazi do integracije sa rafinerijom u Bosanskom Brodu i od tada počinje ubrzani razvoj a samim time i intenzivnija briga o kadrovima u tom pogonu. Tako je npr. za komercijalnog direktora postavljen dr. Avdo Gašević, doktor veterine, na preporuku Komiteta koji je sprovodio odluke donesene na privatnim sijelima, ukratko, bio izvršni organ čaršije. To je, uz sva čudjenja - jer otkud veterinar pa komercijalni direktor - jedno vrijeme hranilo tračerske krugove po čaršiji iako, pošteno govoreći, za takvu poziciju u to vrijeme i nije bilo boljeg rješenja s obzirom na rasprostranjene veze koje je dotični imao, pogotovo u Zagrebu - sjedištu ljute konkurencije - INE. No, to sve nije moglo proći bez zajebancija i u samoj rafineriji, a uz to i ostali kadrovi nisu bili ništa podobniji osim po političkoj liniji.

Tako jednog dana u Avdinu kancelariju ulaze pokojni Petar Drinić, doskora učitelj a onda šef opšteg sektora i pokojni Milan - Bato Nikolić, šef obezbjeđenja i komandir vatrogasne jedinice, obojica poznati kao notorni zajebanti i spadala, i kažu Avdi:

"Eno Avdo, traži te neka žena, dovela kravu i svezala pred kapiju i traži tebe, hoće da joj oplodiš kravu".

Na to će Avdo: "Pa nek je vodi tamo u veterinarsku, šta ja imam s tim!"

"Al' ona hoće baš tebe, kaže da ni bak (bik) ne može to uradit´ bolje od Avde"....

Još ponešto iz "kolomazare"

U Rafineriji Modriča sam počeo raditi u jesen 1966. zajedno sa Draganom Jovanovićem. Pola godine kasnije je došao i Muradif Čupo, a tu su već bili jedan Krajišnik, Milan-Mića Đurašinović i Akif Hamzić, otac pokojnog Amela koji je bio u elektro-operativi i kao naš pretpostavljeni ujedno obavljao i ulogu neke vrste mentora.

Ova anegdota je o Milanu-Mići Đurašinoviću koji je bio tipičan primjerak Krajišnika. Bijaše krupan i da nije bilo pola metra stomaka ispred njega, moglo bi se reći i korpulentan. Sa nosom br. 46 sigurno se nije ubrajao u zgodne, no bio je onako, dobroćudan i veliki zanesenjak - stalno je razvijao neke svoje konstrukcije i sanjao da se njima proslavi. Jednom tako dok smo šljakali odjednom čujemo kako Mića skoro urliknu:

"Jooooooj, bog te jebo, Čupo!!!", što je na krajiškom značilo: "Eureka!"

Gledamo mi u čudu šta mu bi, a on sav ushićen objašnjava nama šta je skont'o i koliko dugo ga je taj problem progonio.

"Eh, moji Skojevci, (tako je on zvao nas trojicu mlađih kolega) sad ćete vidjeti kad Mića proda patent pa se opari (domogne love) pa dovede sebi nešto mlado, recimo 16 godina..."

Na to mu Akif upada u riječ: "Jah, i još kakvog finog komšiju da dojebe tamo gdje si ti stao, jel' ti znaš koliko je tebi godina bolan?" (Fakat je Mića imao tada oko 40-tak).

Zastane Mića, pogleda u Akifa onako, malo kao u čudu, pa reče: "A vidi budale, pa zar nije ljepše podijelit' sa komšijom mlado i slatko pile nego sam glabat' staru, žilavu kokoš?!"

Mića je otišao iz rafinerije, par godina kasnije umro je u svom Kotor Varošu tamo koncem sedamdesetih kao notorni neženja, a kako smo čuli, pred kraj života je i dosta pio, iako su mu se neke ambicije i sanjarije dobrim dijelom i ostvarile.

Safet

Bio sam u Rafineriji na ferijalnoj praksi nakon 2. razreda srednje tehničke u ljeto 1965. godine, kad jedan dan dođe gomila sezonaca na posao, a među njima i Safet. Trebalo mu je dati nekakav radni zadatak i svi su se s njim natezali, pa skoro cijelo do popodne, oko toga čime bi ga zaposlili.

Daj mu ovo, probaj ono, no ništa ne ide. Safet nit´ konta, nit´ hoće da radi. Nakon nekog vremena pošalju oni njega kod majstora Sejfe Dušina kao pomoćnika varioca. Javi se Safet Sejfi, koji je uzgred budi rečeno bio i veliki zajebant, a Sejfo ga odmah upita:

"Safete bi l' ti volio varit'?"

"Bi' ", kaže Safet.

"Dobro, al' moramo ti prvo naći zaštitnu opremu!", odlučno će Sejfo.

Treba napomenuti da je bio početak avgusta, vruće da se skuvaš i bez odjeće. Odvede Sejfo njega u magacin i natakne mu kožne hlače, kožnu bluzu, tešku kožnu pregaču, a od nekog vozača viljuškara uzme kožnu kapu, koju su oni nosili zimi na krugu i u kojoj je otkriveno samo lice dok je ostatak glave bio skroz pokriven. Natakne mu i neke jako tamne varilačke naočare i takvog ga dovede u radionicu. Tu mu dadne neki komad cijevi da kao tuca šljaku sa vara. Uzeo Safet onaj čekić, pa njime kjuca po onom varu, a više pokraj vara. Zadubio se on u to sav, a Sejfo uzeo najveći brener, upalio ga i stao iza Safeta na jedno 2 metra i uperio mu onaj plamen u leđa. Kljuca Safet po onoj cijevi k'o švraka po smrznutom govnetu, a znoj mu niz lice lije. Kad je Sejfo već probio i kroz kožnu bluzu, baci Safet onaj čekić i poče skidati sa sebe onu odjeću trčeći prema kapiji. Psuje Safet, nigdje ništa ne ostavlja, a raja se previja od smijeha.

Takav je bio put slavnog ministra - preko trnja do zvijezda.

Muho

Možda ne spada u prvu liniju poznatih modričkih faca no vjerujem da ga mnogi forumaši poznaju. Radi se o Muhidinu Tursiću - Muhi, poslovođi u građevinskoj operativi u Rafineriji. Izuzetno vrijedan, golem k'o brdo, snaga proporcionalna veličini, lomio se od posla, a nije štedio ni druge. Njegova udarna parola je bila "Hajde požuri, ode dan!" Sjećam se tako u onoj prvoj polovini sedamdesetih, kad se gradnja nove rafinerije intenzivirala do daske, Muhina brigada je bila također uposlena na tom gradilištu a svakidašnji prizor je izgledao ovako: na jednom dijelu radilišta veliki oblak cementne prašine, iz oblaka se čuje buka betonske mješalice i Muhino poznato "Hajde brže, ode dan!" dok u taj oblak ulaze Muhini građevinci sa praznim kolicima gotovo trkom i izlaze sa kolicima punim betona. I tako čuh jednom prilikom jednog njegovog "borca" kako gotovo kukajući govori:

"Eh, jebo ti ovo! Na poslu se Muho dere – Hajde, ode dan - kod kuće žena naveče – Hajde, ode noć- . E, jebo takav život!"

U gimnaziji "Pero Kovačević"

Sigurno ćete se složit da je osim čaršijskih asova bilo i drugih koji su zaslužili da ih se sjetimo i da ih barem ponekad spomenemo Tako kad god odmotam film koju deceniju unazad, prisjetim se i onih likova koji meni možda i nisu bili toliko značajni koliko onima koji su pohadjali gimnaziju "Pero Kovačević" u onoj montažnoj zgradi u koju se poslije uselila O.Š. Sutjeska. Ja sam tu bio komšija, pa su mi sa te strane ostali u lijepom sjećanju. Likovi koje bih ovom prilikom spomenuo su Nana Ferda, ona druga Nana i Fadil Pićun, podvornici u toj gimnaziji. Oni koji su pohađali tu gimnaziju, vjerovatno se sjećaju onog prolaza izmedju glavne zgrade i fiskulturne sale. Sa zadnje strane tog prolaza (od igrališta) su bile i nekakve stepenice, danju su služile đacima da izlaze na igralište a noću uglavnom kao poprište bliskih susreta, momci i cure su tu praktičo uvježbavali iz seksualnog odgoja sve ono što su teoretski probavljali iz dostupnih časopisa i magazina (Čik, Adam i Eva itd), a Fadil je tamo uredio osmatračnicu u sali, izbušio rupe u zidu i kibicovao neometano sve što se događalo. Jedne prilike došlo tako dvoje, počeli sa ljubakanjem, skinuo curu skoro sasvim, kako reče Fadil: "bijele se butine u mraku", i sve ide po onom: -ruka u ruci, stvar u ruci al' nikako stvar u stvar, popalio se on k'o mršavo svinjče, kleknuo pred nju pa moli, a ona ni da čuje, samo mu veli: "Jesmo l' se dogovorili da ćemo to u četvrtak, a sad je utorak, ne može!". Fadil se tada za razliku od uobičajene osmatračnice popeo na krov tog prolaza (donio ljestve s druge strane) pa je odozgo posmatrao cijelu situaciju, i kad je i njemu dodijalo to silno moljenje i njeno prenemaganje, vikne on odozgo s krova: "Pa podaj mu bona vidiš kako te lijepo moli, što si takva!" Više se i ne sjećam da li je ili nije opisao njihovu reakciju, to ostavljam vama da zamislite.

A bilo je i pravo smiješnih situacija kad bi on doveo u salu i Jovu Dangubu, pa ga pusti da samo malo virne a onda ga odgurne i on se namjesti da gleda a Jovo bi onda molio i preklinjao: "De ba, majstor Fadile, de me pusti još samo malo".

Jedna o Mehmedu Kehanu

Vjerovatno svi znate Mehmeda Peleša - Kehana, ko je bio, kako je
živio i ostalo. Fakat negativac, ali sa mnogo pluseva. Bio mi je
komšija i znam da je na komšiluku bio vrlo učtiv, ljubazan prema
svima. Ne vjerujem da je i u Modriči ikoga od njega zaboljela glava
osim ako sam nije tražio belaja. Ja nisam, a isto tako nisam
izbjegavao da kadgod sa njim proljudekam i da popijemo po koju.
Tako da sam samim time stekao dobrog komšiju a ne bi mi smetalo
da kažem i prijatelja. Toliko o uvodu, a sada ono zbog čega sam
ovo i napisao. Sjedio sam u "Kecu", mislim da je bila jesen '90. ili
91. U to vrijeme se nešto govorkalo o Beku Šemse Truhle i
njegovim nastranostima, kao zaganjavao je klince maloljetnike.
Sjedim tako kad se kod šanka pojavi Kehan.

"Zdravo, komšo!"

"Zdravo, komšo!", uzvratim ja. I onda - zna se, dolazi piće, jedno
drugo, treće i ko zna kako i dokle bi se stiglo da situaciju nije spasio
neki klinac koji se muvao okolo. Mehmed ga zaustavi i upita:

"Jesi l' ti ono nešto petlj'o s Bekom?"

"Nisam", odgovara mališa, "već je Beko ljubio mog brata u usta."
"Nemojte to, sine, radit´", reče Mehmed, "to se ne valja, a ako te
Beko bude dir'o ili šta pokuš'o, reci meni pa ću mu ja pokazat´.
Nego, kradeš li ti?" -

"Ne kradem", odgovara klinjo.

Onda Mehmed izvadi nekoliko crvenih para i tutnu mu u džep i
reče: "Tako sine i treba, ne valja se krast'. Evo, nek imaš da ne
moraš krast', a jedino što ću te zamolit´ - ukradi biciklo Fadila
milicionera i baci ga u Bosnu!"

Jedna o Novogradskoj modi

Ovo nam je jednom ispričao Akif. On je u Odžaku imao dobrog prijatelja a ujedno su bili i kumovi, Omu zubara koji je bio spadalo "Premier League" u zajebancijama i cirkusanju. Otišli oni jednom na Savu kod Novog Grada sa ženama (Fahrom i Nadom) na izlet, da raspale roštilj i protraće vikend. Inače, taj nasip kod Novog Grada je bio dosta popularno izletište. Stigli oni tako i svako se oko nečeg zabavio: žene oko kafe, Akif oko roštilja, a Omo se negdje izgubi dok si rek'o keks. Pojavi se on nakon desetak minuta i vodi sa sobom nekog tipa, bio je domaći - Novogradac, i predstavi ga ostalima: "Ovo je moj prijatelj odavde Mićo, Mićo ovo je moja raja iz Modriče, nadam se da niko neće imati protiv da Mićo popije kafu sa nama". I tako Mićo pruži ruku tri puta uz "Mićo, drago mi je", al' onako mlako i inače je bio sav feminiziran - prava tetkica. I tako poče se piti kafa, krenu zajebancija kad Omo onako "iz neba pa u rebra": Mićo, jel' istina da su tebe jebali u guzicu?" Ovaj se vrcnu, neprijatno mu, al' ipak odgovori: "Pa jest". Oma će opet: "Pa ko, pobogu?" Mićo: "Ma neke lole, njih trojica, došli na odsustvo, pa me svrnuli u žito." - "Pa kako će ti to učinit", kao ibreti se Omo. "Pa eto, prevarili me, rekli da je to moderno", odgovara Mićo. "Aman brate da i to čujem, a jesi l' rev'o?" pita dalje Omo. "Pa jesam u počeku a posle nisam", nastavlja Mićo. "A jesu l' ti šta dali za to", pita dalje Omo. "Jesu," reče on "dali su mi trijes't hiljada al' su mi posle i to oteli".

Eto tako je izgledala ta njihova moda u Novom Gradu.

Druga smjena u Bakuliću.

Bilo je to početkom '80-tih, nekako početkom ljeta, dobio ja poziv na vojnu vježbu, zborno mjesto Tarevci, u 7:00 ujutro. Krenem ja tako, "čizma-transom" (pješice) i taman stigao do šljivika kad sastavi kiša i iz neba i iz zemlje, stigoh gore prokisao do kože, a gore gužva, bog za boga ne zna (naški rečeno "jebe lud zbunjenog"). Prošlo je više od sata dok su nam saopštili raspored, gdje će ko i da čekamo do daljnjeg, elem ja sam sa svojim vodom odaslan u Gospodsku mahalu, tamo kod vikendica, gdje smo trebali da sačekamo naređenja za dalji pokret. To se čekanje rasteglo do iza podne, mi onako pokisli, nikom nije ni do čega, tek iza podne se odjednom razvedri, sunce ogrija, osušismo se mi i vojska živnu poče ono uobičajeno peckanje i zajebancija. Jedan od najaktivnijih zajebanata je bio Šaćir Peleš a omiljena žrtva mu je bio neki Rifat Selmić, i njih dvojica prvi započeše, malo jedan drugom okresaše gospoje, pa onda šta li će one sada one kad nas nema, tek jedan od momaka ispali: "Šta se ljudi sikirate biće naše gospoje u redu, kad sve pokupe u vojsku opet selo neće ostat' bez jebača!" "Na to drugi doda: "Ja se vala ne brinem, moja radi drugu smjenu u Bakuliću, dok završi smjenu, dok djeci spremi za sutra za školu, dok ovo, dok ono, neće njoj bit' nidočega". Tek malo po malo, ispade da polovini voda žene rade u Bakuliću i sad povrh toga gotovo sve u drugoj smjeni. Tada u priču upade Veso Klarić, koji je bio poslovodja u Bakuliću. Priča Veso: "Ljudi ima jedan momak iz Dugog Polja, onako imaš ga šta i vidit, naočit, zgodan a ima ku..inu od 25 centi, i opali on jednu u drugoj smjeni tamo negdje u magacinu. Ova se pohvalila kolegicama i začas čoj'k postade zvijezda, polomiše se ženske oko njega, tetoše mu, donose kafe, kolače, urade mu pola njegovog posla, ma živi k'o mali bog, a one se otimaju koja će radit' drugu smjenu kad je on u drugoj". Tek onda nastade tajac, pogledaše junačine niz nos, tek nakon minutu ili dvije totalne tišine čuje se jedan od tih Bakulićkih zetova: "Jel' ono tvoja večeras u drugoj?" "Nije bogami, već tvoja", odgovara ovaj, a onaj prvi će opet: "Ma jest, al valjda onaj kovišnjak nije ovu heftu druga". I te dileme nisu proganjale samo njih dvojicu nego i većinu ostalih a meni je bilo teško uzdržati se da ne prasnem u smijeh gledajući njihove okamenjene face.

Pjevaljka Šaza

Kao što obećah na onoj muzičkoj stranici, evo, i ovo se našlo u sehari, a radi se o pjevaljki Šazi, koja je znala kako sebi pribaviti publicitet i popularnost ne samo muzičku. Pa da krenem od početka: Našao se ja jedno popodne na motelu (još sam bio momak, znači veoma davno), ustvari donio sam tamo neki crtež razmještaja stolova na terasama i u sali za neku prigodu i ostanem da popijem piće. U tom momentu na parking stiže kombi sa novom muzikom i počinju sa istovarom opreme koje su imali podosta. Ja sam sjedio sa pokojnim Svetom - upravnikom motela, kad nam priđe šef orkerstra i predstavi se. Sjedimo mi tako i gledamo, dvojica nose neki zvučni stub od pojačala za razglas, dobro stenju, vidi se da je težak i da im je duša u nosu, a za njima ide ženska, nosi istu takvu kutiju, sama, bez ičije pomoći, kao da nosi torbu sa pijace. Onda nam je taj šef orkestra predstavio ekipu i tu žensku - pjevaljku Šazu. Nije bila neka ljepota, nije bila ni ružna, ali bilo je nečeg "šerifskog" u njenom držanju, tako da nisam propustio da vidim njihov debi to veče na motelu. Počeo program, pojavila se Šaza, dotjerana, sređena, haljina do peta, diskretno dekoltirana, pozdravlja ona goste, predstavlja orkestar i počinje pjesma. U po pjesme poče Šaza malo da otresa jednom nogom, pa onda drugom, ne prekidajući pjesmu ni za trenutak, a onda se sagne i pokupi svoje gaćice sa poda, (spale joj gaće u po pjesme), mirno i bez ikakvog ustezanja, ne pokazujući ni najmanji znak stida ili nelagode, priđe njihovom (muzičarskom) stolu, otvori svoju torbicu i stavi te famozne gaćice u torbicu, ne prekidajući pjesmu ni za trenutak. Dobro uvježbana finta i vjerovatno najbrža i najefikasnija komunikacija sa publikom (barem onim muškim dijelom). Imala je ona još dosta sličnih gafova (možda koliko i pjesama) u svom repertoaru, ali je imala i jako dobar osjećaj za nepogrešivo tačno kretanje po onoj tankoj liniji koja razdvaja dobar od lošeg ukusa, tako da joj ni publiciteta (barem onog usmenog) nije falilo.

Četiri konja debela

Prisjećajući se tih dogodovština sa motela, na um mi pade još jedna, opet muzička; nisam siguran da ću to prezentirati onako smiješno kako je sama situacija bila smiješna ali pokušaću: Jednom došla opet nova muzika na motel, četiri cigojnera postariji ljudi (u dobro poodmaklim 50-tim), i sva četvorica nižeg rasta, tena boje kalofonijuma, rijetke kose zalizane unazad, prilično gojazni, onako, obješeni podvoljci, stomačići kipe preko pantalona i kajiševa, počeli oni prvo veče sa svirkom, i kad su već uspjeli da stvore štimung i podgriju goste, počelo sa pjesmama po narudžbi, a onda nakon 5 ili 6 otpjevanih pjesama, neko od gostiju naruči pjesmu "Četiri konja debela"... Oni su to primili mirno, profesionalno, i uprkos tome što se pola raje valjalo po stolovima od smijeha, odsvirali i tu naružbu...

Dr. Ismeth

Ako su vam ove anegdote izmamile osmijeh onda je to više zasluga onih koji su izveli sve ove cirkuse (Napr. učesnici olimpijade u laganju, pa oni što su napili horoza u gradskoj a posebno mangup koji je skužio situaciju i naručio tu pjesmu - četir' konja debela), nego moja. Volio bih kad bih se mogao sjetiti ko su bili, nažalost davno je bilo. I da na Franjin zahtjev objasnim porijeklo svog nick-a na modričkom portalu www.modrica.biz (Ismet ili kako ja navodim Ismeth, mora se, u Engleskoj sam). Mene su za mojih momačkih dana zvali Smit, a po nekom liku iz serije "Izgubljeni u svemiru", koji se zvao Dr. Zachary Smith, tip smotan k'o šuferica, smotaniji od mene, isto je nosio neke naočare debele k'o pepeljare, elem raja zavalila tako a sa mnoštvom se ne vrijedi raspravljati. Elem jednom, kao budući zet Sejdića, svratio ja sa pokojnim šurom Zahidom do njih da popijemo koju, tu se naravno, pojavljivala i buduća punica, tek da provjeri kakav sam u piću (moja pretpostavka), a i Zahid i Zahida su me pred njom zvali Smite. Elem, kad smo nas dvojica otišli, pita nana Zahidu: "Što vi njega zovete Ismet, znam ja kako je njemu ime." Eto tako mi je palo napamet da to upotrijebim kao nick ovdje, iako mi to nikad nije bio nadimak, a isto tako želim ovdje da kažem da je jedan od Ismeta i Ismet Mujezinović, slikar koga sam izuzetno cijenio.

JEDAN NADIMAK – JEDNA PRIČA
nadimci Modričanki i Modričana; lista nije kompletna

piše: **Amir Sarvan**

Abe, Aći, Aco, Ado, Adi, Ago Košćura, Ajkula, Aladin Čarobni, Alaga, Alas, Alko, Amerikanac, Amiko, Amir Težak, Anđa, Anja Memedova, Anja, Anje, Babin, Baćo, Baćuka, Balo, Baltan, Bane, Barni, Batak, Beba, Bebela, Beca, Bećir, Beeko, Beko, Bekteši, Benco, Benko, Benco, Beši, Beska, Bibac, Biber, Biće, Bijeli, Bleki, Bob, Bomba, Borac, Boulevard, Bracko, Bracan, Braco, Brada, Brčak, Brko, Brljak, Brzi, Bucko, Buco, Buco Hoff, Burduš, Burek, Ćage, Cako, Capa, Car, Čarli, Čaki, Čarobni, Ćelo, Ćevap, Ćibe, Čiča, Čičak, Ćifi, Ćifut, Cigo, Čikvina, Činkvina, Ćila, Ćildo, Čimbur, Ćiro, Ćita, Čkalja, Cobe-Beco, Čoček, Cojle, Čombe, Ćonjo, Ćoro, Cujka, Ćuko, Čupo, Ćusto, Cvekla, Čvorkušani, Cvrle, Dalijica, Dančo, Đera, Đero, Đoka, Doktor, Doručak, Draguljče, Drobel, Dršćo, Dudek, Dudi, Dudo, Duša, Džambo, Džemo Lisac, Džino, Džo, Džo Maniks, Džoni, Džudžan, Edin Pupak, Edo Peci, Eko, Eko, Elko, Enki, Esad Nanin, Eso Bomba, Eso Hajrin, Eso Malumac, Ezvo, Fahro Miš, Felbo, Felšo, Ferid Plovak, Ferid Špricer, Fićo, Fiko, Flekica, Fox, Francuz, Fuksa, Fule, Gadafi, Gara, Pila, Garica, Gara, Garija, General, Gera, Gera Golub, Gile, Gicko, Glava, Golub, Grujo Zečić, Gubičar, Guci, Gumeni, Gusak, Gušter, Guta, Hačko, Hadžijica, Hajro Guja, Hakija Kera, Haler, Hame, Hame Bibac, Hamid Bibac, Hamid Lem, Hamko, Amko, Harda Hajrudin, Hasan Kitalo, Hasan Kitelo, Hatara, Hatarica, Havrlja, Hebib, Herdan,

Herkule, Hero, Hičkok, Hićo, Hičo, Hipi, Hočko, Hočko Majmunica, Hodžica, Hodža, Hadžija, Hopika, Hurta, Husara, Husnija Crvo, Huso Kurčić, Huso Pičić, Ibro Miš, Ićo, Iko, Isko Pleska, Isko, Iskan, Ismet Bumbar, Ismet Nogo, Ivica Magično oko, Jagoda, Jaje, Jakešanac, Janje, Jarac, Jare, Jasmin Karataš, Jazavac, Jeti, Journal, Jovo Danguba, Jupi, Kako, Kako, Kakotnjak, Kanarinac, Kandžo, Kanjura, Karbo, Kebulja, Kec, Keder, Keka, Keli, Kemo Brko, Kemo Čamion, Kemo Marin, Kemo Veriga, Kemo Vigec, Kemo Was, Kemo Životinja, Kico, Kifla, Kilo, Kinez, Kitalo, Kitelo, Klica, Kobra, Kočiz, Kockica, Koka, Koljo, Komarac, Konjovod, Košćura, Kosmo, Košpa, Koza, Kozica, Krava, Krešo, Krezo, Kriger, Krle, Krme, Kroki, Krokodil, Krompir, Krtica, Kruško, Kuba, Kuja, Kujro, Kuka, Kuko, Kuzmo, Landra, Lazo, Ledina, Lenda, Leptir, Lidžum, Lidžumka, Lija, Lime, Lirgo, Lizo, Ljotlja, Ljuti, Lomo, Lotan, Mačak, Mače, Made, Magi, Majo, Majo Brico, Major, Makaron, Maldesa, Malkan, Malumac, Mamut, Matan, Mazalica, Mazija, Medo Ćevabdžija, Meho Oštrac, Meša Lovac, Meša Pičun, Meša Ugostitelj, Mica Capajka, Mica Spikerica, Mićo, Mićko, Mićan, Migavac, Mike, Miki, Mile Sudžuka, Minka, Miš, Mišo Tašnar, Mrka, Mrka, Mrki, Mrki, Mrmak, Muće, Muhamed Ljuti, Mujdže, Mujica, Mujko Lav, Mujo DUJKO, Mumi, Mušmulja, Muna, Murgo, Musa, Muše, Mušmulja, Musto Inspektor, Mutlija, Nalo, Nazif Obućar, Nele, Nerka, Nermin Živan, Nermin Živčo, Nešo, Nihke, Nući Nućo, Ofinger, Maca, Okac, Okan, Opan, Pačak, Pače, Pacov, Pajdo, Pajo, Panky, Papa Ruža, Papan, Pavo, Peci, Peco, Pekar, Pero Droga, Pići, Pićun, Pićun, Pićunka, Pidžan, Piki, Piko, Pinja, Pinko, Pinjo, Pikla, Bistrać, Pipek, Pirgo, Pišća, Pišćuga, Piskavac, Piskavac, Piskavica, Piskavica, Pištolj, Pižon, Pižon, Pidžan, Plastični, Pleska, Pobro, Poguzija, Ponki, Pop, Popak, Praškan, Prcojka, Prge, Prle, Pujdo, Rade Soda, Rahi, Raif Duša, Raif Šiptar, Rajkan, Rakijica, Ramiz Miš, Ranko Delirijum, Rasim Golub, Gušter, Riki, Riža, Rizah Čola, Rizla, Roko, Roki, Rox, Ronac, Rora, Rume, Rundo, Rus, Ruto, Ružonja, Šabota, Safet Kozarac, Šaldo, Salko Čulo, Sara, Saro, Šazin, Sejfo Kanjura, Sejo Krava, Šemso Trulo, Šemso Truhlo, Senčo, Senči, Ševa, Sića, Šidi, Sijedi, Sikira, Šiljo, Simka, Simpi, Sinđo, Škandalj, Skandi, Škico, Škobalj, Škudo, Šljivo, Smajo Lepir, Smit, Snježa Ćeza, Snježa Ćipa, Snježa Kinez, Šojka, Šotara, Sova, Špiro, Spomeničar, Srce, Srndać, Staklar, Šazin, Štroco, Stršljen, Struja, Štuka, Štukica, Sudo, Sudo Silin, Suljke, Suljke prevoznik, Suza, Suzana, Švabo, Švaba, Švaljek, Talijan, Tanja Cjevka, Tanjica, Tarzan, Tica, Tičar, Tiho - Tihomir Mišić, Tirin,

Toni, Trabant, Trale, Trifun, Trobeg, Trulo, Tufto , Tunjo Konobar, Turonjice, Ujko Lav, Ušljo, Uta Vuk, Utuš, Veca, Vicko, Vihor, Vilko, Vilma, Violina, Vitlas, Vjeverica, Vučko, Vuk, Žaba, Žabac, Zajko, Žarkan, Zazan, Zec, Zeko, Zelenika, Zelo, Zembilj, Žiga, Zijo Laf, Žilo, Zis, Živčo, Životinja, Zlatin, Zoka Trulo, Zrno, Zuber, Zudo, Žujan, Žuna, Žuti, Žvaljo...

MUZAFER PELESIĆ MAJOR

piše: **Hajrudin Harry Vejzović**

Rođen sam u Islam Varoši a to je dio grada sa najviše konobara pa sam svašta i čuo i vidio. I naravno, bilo je tu svega i svačega što nije za priču, ali ne mogu a da ne kažem nešto za mog dragog i nikad prežaljenog komšiju Muzafera Pelesića Majora, nažalost nije više među živima, ali je meni ostao u sjećanju kao jedan veliki mezetlija i čovjek koji je volio društvo i sjedeljke uz muziku.

Ustao sam, onako, ne znam, valjda popodne, malo došao sebi i mama mi uz kahvu priča šta ima novog, šta treba da se uradi i tako ... Između ostalog, kaže meni mama, naš dajdža Sejdo iz Tarevaca udario Majora kolima na rampi kod mlina. Iš´o Major na Bosnu da sjedi a dajdža ga nije dobro vidio i udario ga, Majoru slomio biciklo, slomio mu nogu i zdrobio mu kuk.

Prošlo je neko vrijeme, dovezen je Major kući te ga služila neka žena i došao mu sin Mido. Kaže meni mama, došao je Major kući, trebalo bi ga obić´. Odem ja kod Rasima i Tenzile u prodavnicu kod Doma Pelesić i meni Tenzila fajn neki poklon pripremi te ću ti ja kod Majora. Posjedilo se tu fajn, malo se i popilo, pričalo i tako, kad odjednom Major poče plakat´.

-       Šta ti je Majore, susjedu moj najdraži, šta ti je? - pitam ga.

-       Ma nije mi bolan dragi Hajraga ništa - veli on.

- Nije mi žao ni bicikla ni noge ni kuka.

- Pa, rekoh, čega ti je žao?

- Ma žao mi bolan topraka!

- Topraka? Kakvog bolan topraka? - velim ja njemu.

- Ma ja sam, kaže, sprem´o toprak dva dana, meso, krompir, povrće, ma sve bolan, i kada sam up´o, kad me tvoj dajdža ošin´o i ja kad sam vidio da mi je puk´o toprak, ja sam odmah počeo plakat´. I priletili oni ljudi da mi pomažu a ja u još veći plač. Ljudi mislili da mene boli ono sve, ma kakvi bolan moj Hajraga, meni žao još više bilo zbog topraka.

Poslije smo mu brat moj Fahro i ja kupili toprak, drkljačili ga po kombiju sve dok ga nismo napokon donijeli u Modriču i poklonili ga Majoru.

Al´ da te neko razvali ... i to kolima ... i tebi bitniji TOPRAK!

Znači TOPRAK...Zahebana stvar! Ali takav je eto bio moj komšija Major.

Muzafer Pelesić Major

HUSNIJA DŽINIĆ DŽINO

piše: **Zaharije Domazet**

Kako obećah evo i te priče o Husniji, nažalost već podugo pokojnom, i ako ima onog svijeta, on sigurno zauzima neko od boljih mjesata u raju... No, da se vratim na ono što je Danka zamolila:

Počeću malo izokola (izvinjavam se ako se nadje koja greška, upravo sam smirio polovku rakije i to još od rodjendana - čudim se uopšte kako je opstala cijelu heftu), elem sa pok. Husnijom sam se znao barem 15-tak godina i siguran sam, ako kažem da je bio sinonim za ljudsku dobrotu, da nisam ni malo pogriješio osim ako nisam bio preskroman u takvoj ocjeni.(ili možda prestrog?)

Bilo je to jednog proljeća 1987 ja novi u "Metalradu" i šalje mene i Vesu Đekića Sabit (tadašnji direktor) u Gratz na neki sajam svega i svačega tek da vidimo šta se u bijelom svijetu proizvodi, prodaje i gdje bi "Metalrad" mogao naći sebe u tom džumbusu. Obavili mi tu posjetu sajmu i u povratku na granici -mislim da je to bio prelaz Šentilj, kupimo na austrijskoj stani ono što se moglo kupiti - uglavnom kafa. Kupio ja kilu kafe (toliko je bilo dozvoljeno da se unese) Veseli kilu, a Izo (vozač) kupi dvije kile kafe i još neke handrmolje. Na našoj strani dočekuje nas carinik, malo onako nadrkan, malan, upamtio sam mu brkove, plavi ufrkani u šestice, al ko da ih je napravio od dva komada konopca pa zalijepio, mora da je za to imao neku posebnu tehniku. U svakom slučaju, potvrda one izreke: "Otrov se pakuje u male flašice". Pita on nas imamo li šta da prijavimo , mi pokažemo šta smo već imali a on se okomi na Izu govoreći mu kako to nije dozvoljeno i da on čini prekršaj, a Izo onako već iznerviran pita šta da radi s tom kilom kafe pita ga da on to zadrži za sebe a carinik odgovara onako ljutito: "Nosi to nazad i zameni za čokoladu!" Izo tako i učini i nakon toga sve je bilo u redu mi prošli, vratili se sretno kući, i kad sam poslije u "Metalradu" pričao o tome Slavi (Izinoj ženi) i Mersi, onda one meni ispričaše kakve je probleme pokojni Džino imao sa njim:

oni su počesto išli u Austriju šoping i donosili uglavnom ono čega je ovdje falilo, a čega se tamo moglo lako i jeftino nabaviti, kafu i slične drangulije, pokojni Džino ih je vozio u svim "Fići" i sve je bilo OK dok se nisu morali vratiti i proći taj prelaz na Šentilju: Kad god bi se taj carinik, koga već opisah, našao na dužnosti, Husnija bi svojoj posadi rekao: "Vi sačekajte jedno sat vremena doć'u ja", i stvarno ostao bi tamo obično oko tri frtalja sata a onda bi nastavili a Džino bi poslije objasnio riječima: "Uvijek me odvede u onu kabinu, skine do gola, pretrese sve na meni i na kraju mi kaže: ti si Hitler u malom pakovanju, a onda me pusti da odem"...

Ko je poznavao Husniju, ako samo zamisli njega sa tamnom kosmo i onim brčićima da su crni, mislim da bi tom cariniku dao za pravo, s tim što je Husnija bio velik čovjek, barem ako bismo našli neku mjeru za ljudstvo, eto, on je tu svoju raju vozao svugdje (Trst, Gratz i kozna gdje još) bez dinara naknade za gorivo ili druge troškove.

I još jedna malo šaljiva situacija u kojoj se on jednom našao:

Imao je on tog "Fiću" ali su i još neki drugovi iz naprednijih krigova radničke klase imali "Fiće" i gledali su u njih k'o u boga, nije to bio samo simbol standarda nego i prestiža. I, obično bi oni svoje ljepotane parkirali na onoj ulici ispred džamije u centru tek da raja vidi ko su hadžije, i tako se desilo da se jednom (bilo je ljeto, rano popodne) parkirao tu i Džino, a iza njega jedno 2 metra Salim Alić sa svojim "Fićom" koji je bio sive boje ili kako bismo mi zvali "golubi" sive boje. Pošao Džino kući, ona kola ispred njega preblizu, ubaci on u rikverc i malo udari u Salimova kola, izgleda da ih nije ni primijetio. Zatekao se tu i Salim pa mu kaže: "Džino bolan pazi malo" a Džino uz onaj svoj poznati smijeh odgovara: "Jebi ga Salime ja mislio ti 'lad" (hladovina ili možda sjenka). Elem, ni Salim nije bio neko kom je stalo do svadje i kavge, samo mu je rekao "Il' bolje pazi il' si nabavi naočare"

Eto po tome pamtim i Džinu i mnoge druge Modričane kojih više nema ali svi imaju zajednički nazivnik LJUDINE!

ZDRAVKO POPOVIĆ GAJKO

piše: **Zaharije Domazet**

ili: kako i otkuda sam ga poznavao?

Zdravka sam slučajno upoznao jednom prilikom dok sam u kafani Doma kulture liječio mamurluk i davio mrmke. Sjedio sam sa Grujom i Dževom, nažalost sad su obojica pokojni, kad nam prilazi Zdravko, predstavlja se i veli da je kao saradnik radio Modriče objavio nešto i o grupi "Vakat" (tako se zvala grupa u kojoj smo svirali Grujo, Zudo, Dževo, Mustafica i ja) te da se izvinjava što nas prije toga nije upitao slažemo li se sa tim kao i načinom na koji nas je predstavio (nešto kao:"U traganju za izgubljenim akordima grupa "Vakat" slomila lakat").

Normalno, mi smo se na to nasmijali i rekli da je bilo dobro, onda ubrzo Grujo i Dževo odoše i nas dvojica nastavimo "ljudsku". Kaže on meni kako piše poeziju, onako za sebe, a ja opet kako se bavim pomalo komponovanjem, isto onako za sebe, samo mi je jedini problem što muzički dio uradim i mislim da je dobar a tekst ni pomaket' - strofa i po bi već bila za mene itekakav uspjeh. Onda on meni izdiktira neke svoje stihove i kaže da probam sa njima, no nikako nije išlo. Sretnemo se opet nakon dužeg vremena, opet kafana u Domu, sjedi on, u ruci neka bilježnica, nešto crta i pita on mene kako ide a ja odgovorim – nikako, onaj mi stil nekako ne leži, da li je kod mene problem muzičke konstipacije, pa k'o konj kad ulegne u brazdu i samo po brazdi i ne može ni zericu ni lijevo ni desno – eto, tako je samnom. Onda mi on, nakon što je završio crtanje, istrgne list i pruži mi, ono na listu njegov auto-portret i to jako dobro uradjen, očito mu je to dobro išlo, nije ga crtao duže od 15 minuta.

Onda istrgne još jedan list pruži mi i list i flomaster kojm je crtao i poče da diktira stihove:

Ja i jedna mala pametniji od svega,

Cijele noći se igrali ničega

Sutradan osvanula genijalna šala,

Mala je bila u redu, ja sam ispao budala

....

Slijedila je strofa koju sam nažalost već zaboravio, ipak je bilo davno, a onda i poslednja:

Mala je odrasla sada

i ljubav redovno vodi,

voli plivanje leđno,

razumije se, u vodi

"Eto", reče, "napravi nešto sa ovim ako možeš, smiješ ponešto i promijeniti da ti se uklopi u koncept, samo nemoj puno. I da ti kažem, Bora Čorba mi je nudio za ovo dobre pare i nisam mu htio dat' pizda im materina -nije samo Bora već i ostali, oni ovako od nas božijaka otkupe pjesmu za neku siću pa je poslije prodaju kao svoju za debelu lovu, pa šta misliš da su oni napisali sve što kažu svi bi završili u ludnici, svi do zadnjeg. Tebi je dajem jer i ti sviraš radi svirke a ne radi para k'o i ja sam što ovo ne radim zbog para nego zbog sebe". E, ovaj put mi je sjelo i to pravo i opet samo za sebe, nikad je nisam ni objavio, ponekad odsvirao i otpjevao sa rajom, normalno čuo ju je i Zdravko i bio zadovoljan, bar je tako rekao.

Napravio sam samo jednu malu izmjenu u 2 zadnje strofe pa su glasile:

....

luda je za plivanjem leđnim,

ponekad i u vodi....

što je i on prihvatio kao dobro. Premda nije bio iz naše čaršije, bio je tip koji je mogao pripadati svugdje, i ako je i on, a i bilo ko drugi nekad nekom od nas uljepšao i 5 minuta u životu onda je zaslužio da mu se ukaže poštovanje...

Zdravko je završio kao štićenik psihijatrijske ustanove u Garevcu, tako sam čuo, i tamo je i umro, nisam čuo ništa što bi ukazivalo da se ubio...

Eto, draga drugarice "homemd", (ne znam jesi li gospođa ili gospođica - ovo drugarica pokriva oboje), mislim da se radi upravo o ovom momku koga si slušala u "Pelesiću", inače, bio je mlađi brat Milenka Popovića, družio se i sa Peđom Milosavljevićem i Stankom Matoševićem. Sva trojica su se bavili pjesništvom i povremeno organizirali večeri poezije pa su tako možda zalutali i tamo...

Nikola Stanić Daničin i
Livio Makovec, lijevo od njega,
sa učenicama i učenicima Osnovne škole "25.maj"

GAREVAC - RODNI (K)RAJ NIKOLE DANIČINOG

piše: **Beba Stanić**

Nadam se da neću narcisoidno zvučati ako kažem da u životu mog tatke, kako iz milja zovem svog oca Nikolu Stanića, nije bilo ničega što je on više volio osim Garevca i mene.

Da li što sam se rodila sa garavom crnom kosom koja je bila tipična za Staniće Uglješiće ili što su moje ruke bile preslikane njegove pa se tome divio ili što je svaki otac uvijek slabiji na žensko dijete, ne znam. Kad bolje promislim bila je to kombinacija svega, a najviše ovog zadnjeg. Tradicijom se muško dijete čeka, slavi i voli da produži vijek prezimenu, ali očeva srca su uvijek obično više pripadala kćerkama.

Tata je kao i skoro svi u Garevcu imao nadimak, zvali su ga Nikola Daničin, sin Danice. Njegov je nadimak bio nekako najblaži sudeći po ostalim. Tada ljudi nisu bili tako osjetljivi, pa im je bilo normalno da se u selu zovu npr. Žmigavac kako su Garevljani nazvali jednog svog zemljaka jer je non stop očima "žmigao". E, sad treba samo nagađati po čemu su dobili nadimke Ženskonja, Smrdan, Klipača, Kurjak, Litonja, Čmeh, Piče, Perika, Kita, Kekonja, Mudara, Japan, Jarac, Đimpir te božem'prosti i Šupak. Osim duge liste ostalih Garevljana, moj je tata imao i svoju listu nadimaka, uglavnom za svoje Staniće Uglješiće, pa je tako mom stricu Jozi dao nadimak "Dvije cigare" jer mu je Tito jedne prilike poklonio dvije cigare, a on ih pomno čuvao. Drugi je bio moj stric Vinko, njega je nazvao

"Od granice do granice" i to ne bez razloga jer taj nikad nije nigdje mirovao. Za put od Celja, gdje je tad živio, pa do Zagreba a koji se može preći za dva sata, njemu bi trebalo više od 6 sati. U svaku gostionicu na tom putu je jednostavno morao stati. U njima su svi, a naročito žene znale mog strica. Doduše, bio je obdaren ljepotom kao i bogatstvom rječnika kojim je naprosto oduševljavao svoju okolinu. Drugi stric, tatin brat Pero, dobio je nadimak "Indolentan" jer je u rijetkim prilikama kad bi dolazio u Garevac iz Francuske cijeli odmor proveo "indolentno" sjedeći pod lipom uz dobru šljivu i ne mareći za ostatak svijeta. Uvijek se smijao, sjećam se plavetnila njegovih očiju i komplimenta da sam prelijepa. Tad kao dijete od 10 godina sam bila sama kost i koža, premršava za takav fini kompliment, ali eto takva je izgleda tada moda u Parizu bila. To je opet bilo u totalnoj suprotnosti sa mišljenjem moje tetke Ane koja mi je govorila da mi tako ništa ne valja, da trebam biti kao jedan Mato, jer je on pravo lijep punih obraza, kao "guda".

Često sam znala misliti na tu udaljenost koja dijeli nas i čiču Peru i bilo mi je drago što Modriča nije tako daleko od Garevca kao taj Pariz. Pa, iako mi je moja čaršija bila uvijek na prvom mjestu, nije mi bilo teško zavoljeti to neobično selo odlazeći u posjetu babi Danici. Najčešće je to bio vikend kad bismo mami "oslobodili" kuću na "komotno" čišćenje i usisavanje. Tati bi smetao zvuk usisivača, pogled na prozore bez zavjesa ili tepihe prebačene preko terase osuđene na često ribanje, a mami je smetao tata u njezinoj kućanskoj misiji, tako da su se planovi za vikend odlično uklapali obojma. Išli bismo našim bijelim jugom, a kad sam bila mala i biciklom na sjedalu iza sica i to uvijek istim putem. Naprije od srednje škole "Đuro Pucar - Stari", pa kraj kanala do Maksimuše i onda preko Baja do Bujade. Maksimušom bi prolazili kraj jablanova uspravnih i visokih i pogledom uprtim u daljine kao da su bili sama kraljevska garda. Nailaskom na prve gušće naseljene kuće znali smo da smo već do Baja, dijelom Garevca poznatim po dobrim i smirenim ljudima. Tako tim finim, laganim, zelenim putem bi usput sretali drage ljude kako nam mašu na tren prekidajući svoje poslove u bašti i oko kuće. Čak bi i Adam znao zaustaviti svoj zadatak istrebljivanja pacova čiji su mu glavni pomoćnici bili njegovi psi. Obično bi došao do kola, otklonio svoju plavu od rada znojnu kosu sa čela, naslonio jake i mišićave ruke na otvoren prozor našeg jugića i kratko popričao. Gdje sad mogu u ovom stranom svijetu naći toliko pozdrava na tako malom prostoru?

Jednom smo tako naišli na Joku (onog bez ruke) kako preobučen u ženu nasmijava cijeli Bujadu Stanića. On je uzeo od svoje žene, babe Eve, maramu i seljačku suknju, a kako mu je stajala svijetla marama kakve su, inače, za vrijeme toplijih dana naše žene nosile, u kombinaciji sa njegovim osmjehom, to je samo trebalo vidjeti. Moja baba Danica, koja je sjedila ispod lipe i vidjela ga izdaleka, na njegovu modu sa osmjehom govorila:

"A vidi vrrrraga" pokazujući svoje neobično lijepe i zdrave zube.

Iako smo bili samo 100 tinjak metara daleko do babine kuće, mi bismo ipak malo zastali na tom putu, jer Joko uvijek imao kojekakve zgodovštine da nam ispriča. Prošli put je bilo kako je otišao u mesaru i tražio da kupi "sisa", a ovaj put nam je na brzaka ispričao epizodu od sinoć:

Bio se napio, sjeća se da ga je napao pas, pa mahao sa kocem da se odbrani. Onda je nosajući taj kolac nekako se doteturao do kuće, ali kako je bio dobrano popio nije uspio ući u kuću nego onako pao licem na travu u dvorištu i tako zaspao.

Najsmješnie je bilo što je u takvom položaju grlio kolac. A kakav je to kolac bio tek je saznao sljedeće jutro kad ga je baba Eva zatekla tako, prekrstila se i rekla "Miso sveto" i prošla mirno kraj njega i nastavila sa svojim jutarnjim poslovima. Ispostavilo se da je pjanstvo Joku odvelo na groblje, a za odbranu od psa je nesvjesno iščupao križ. Mi smo se smijali na sam taj prizor čovjeka koji na stomaku spava u travi i grli nakrivljeni križ sa nečijim imenom.

Nakon ispričane epizode sa Jokom, obično bi sreli i Maru kako "goni svoj točak" i ide po nekom ozbiljnom zadatku. Ona je šepala na jednu nogu, nosila kratku kosu i uvijek govorila nekim oštrim tonom. A u tom oštrom tonu i njenim toplim smeđim očima je bilo toliko blagosti kakve samo mogu imati osobe koje nastoje djelovati neustrašivo i neranjivo. Ona mi je uvijek bila među Stanićima posebno draga.

Kad bismo konačno došli do kuće i parkirali kraj ograde, mala Lidija bi trčala punom brzinom u moj zagrljaj. Tu svoju unuku baba je Danica hranila otkako je Lidijina mama mlada profesorica biologije, a tatina sestra Angela umrla sa 29 godina od upale pluća. Lidiji je bilo 8 mjeseci i iako sam sama bila dijete u to vrijeme vrlo dobro se sjećam te sahrane i dugačke povorke. Najtužnije je bilo kada je Ilinka, koja je živjela preko puta, taj dan čuvala Lidiju i nju onako malo djetešce stavila na prozor kad je kovčeg njezine mame prolazio. A ona videći sve te ljude stala veselo mahati ručicama. Tad kad je ostala bez svoje mame njezin je otac Savo Jeremić, profesor u srednjoj školi, povjerio babi, a on bi isto kao i mi vrlo često u Garevac dolazio. Njega se najviše sjećam kako je volio sa mojim bratom gledati reklame na crno bijelom babinom televizoru. Nakon svake reklame njih bi dvojica na satiričan način dodali svoje komentare u stilu, aaa, vidi, pa ova voda će vas totalno izliječiti, ova krema će zaista od vas napraviti ljepotu nad ljepotama itd.

A babu Danicu, osim kad se tad jednom bacila na svjež grob prepun vijenaca svoje kćerke, ja nikad nisam vidjela tužnu, a niti posebno veselu. Uvijek je nekako bila pod kontrolom kakve imaju mirne, odlučne i pozitivne poslovne žene i nalazila sam u njenom držanju nešto kneževsko. Neki čak i tvrde da dolazi iz loze kneževa Dubravaca koji su nekada davno došli iz Dubrovnika u Posavinu. Uz sve to je bila malo neobična baba, čitala je Nin i to na ćirilici, znači zanimala je politika, a ponekad bi zapalila i Lord. Te cigare su joj služile samo u posebnim trenucima, čitava kutija bi se ispraznila tek nakon mjesec ili dva. A njezina neobičnost je bila u samom tom čitanju i zanimanju za politiku u vrijeme kada žene njezine generacije nisu znale ni sva slova, a kako sam poslije saznala završila je i 4 razreda osnovne škole što je i to bila rijetkost u teškom dobu njezinih mladih dana. Znala je pričati priče koje su me rastuživale kao onu u kojoj kaže da će sve zarasti u korov kad ona umre. Uz to bi se uvijek izražavala u nekoj vrsti superlativa. Tako je mene umjesto Beba zvala

Beburača, a kad bi noć pala nama bi djeci govorila:

"Žderat, pa ligat", što bi značilo "Jesti pa lijegati", a nama je to zvučalo lijepo, nešto u stilu "Idemo, djeco, lijepo večerati, pa onda na spavanje".

A bome bilo je pravo zadovoljstvo "žderati" njezin krompir paprikaš, sirnicu za koju još ne znam kako je razvlačila kore preko samo tepsije, a najslađi od svega je bio njezin suhi sir, izvana tamno smeđ,unutra bijel, kojeg je sama pravila i sušila u jednoj od svojih soba od kojih je napravila malu sušnicu.

Ja bih pri toj posjeti maloj Lidji donijela neku sitnicu, neke bombone ili džemperčič, a nakon njezinog ushićenja baba bi govorila: " Nu, k'o da si virila!" što bi me uveseljavalo znajući da sam izabrala pravi poklončić.

Nas tri bi tako sjedile u dnevnoj sobi koja se sastojala od peći i kauča kraj jednog zida, a vitrine i televizora kraj suprotnog zida. Okomito na ta dva zida, uz treći zid ispod prozora, bio je stol postavljen na vrlo dobrom strateškom mjestu jer se sjedeći kraj njega kroz prozor moglo vidjeti ko odlazi i dolazi putem. Tata bi već bio u bašti i okopavao povrće, što bi u većini i bio cilj naših putovanja, a kada bi baba izašla u inspekciju (nakon koje bi se znala sa sinom i sporječkati oko kojekakvih poljoprivrednih metoda) Lidija bi iskoristila situaciju da me odvede u sobu svoje mame, koja je bila prepuna knjiga a koje je bilo njezino tajno skrovište. Kako je tad imala samo 8 godina a čitala knjige Tolstoja i ostalih pisaca namjenjene za lektiru od nje puno starijih generacija tako joj je baba zabranila da tamo ide misleći da je za takvo štivo premlada. Sjećam se kad mi je jednom rekla:

"Nemoj babi reći da sam ovu knjigu pročitala, ali ja ti je toplo preporučujem", a ja sam u nju gledala kao neko u malo čitalačko čudo.

Kad bolje promislim i mi smo, djeca toga vremena, bila mala čuda u tome kako smo prolazili sa manjim ozljedama s obzirom na vrstu okrutnih igara. Tako bismo se znali upustiti u rat "djevojčice protiv dječaka". Oni su bili na jednoj strani asfalta (da, Garevac je u to vrijeme imao i svoj asfaltni put, moderno neko selo), a mi na drugoj strani ceste, svako je imao na svojoj strani gomilu kamenja pa smo se tako gađali kamenicama i pjevali:

> "Ko se itaaa, otpala mu kitaaa!
> Ko se bacaaa, otpala mu jajca!"

A nismo shvatili da radimo upravo suprotno od onoga što nam ta pjesma želi poručiti mada se naravoučenije pjesme mogla primijeniti samo na muški rod.

Kad bismo prekinuli ratovanje, udruženim snagama bismo išli sjesti na meraju Ilije Pidžame jer smo znali da će istrčati u svojoj pidžami i tjerati nas. Mi bismo tad bili sretni kad smo bismo se rastrčali kao pilići na koju bi naletio nestašni psić.

Treća u nizu malo izazovnijih poduhvata koje su zapravo svi u selu podržavali i radovali se bila je proslava Svetog Ilije. Tada bi večernje nebo bilo prošarano vatrenim jezicima od baklji koje bi se kao i svake godine tradicionalno palile. Nama su odrasli davali zapaljene gume a mi bismo ih od sreće vukli za sobom dok bi te gume kao neke vrste plamenih, mističnih a poslušnih nemani nas pratile u tom trku. Mi bismo pjevali: "Mašala lile uči (uoči) svetog Ive. Mašala lileeeee, uči svetog Iveeeeeee.....", i sve tako do duboko u noć.

Bilo je to i ozbiljnih zadataka za nas djecu. Znali smo sjediti više noćiju kada je bilo vrijeme za krizmu. Sjedili smo kod strine Sofije i strica Mate Tršljake u kući, sva djeca su imala biblije u krilima i učili da bi položili šta se već trebalo naučiti za paroka. Meni su se te knjige učinile još veće i deblje onako položene na sićušnim dječijim nogama pa sam bila sva sretna jer se od mene to učenje nije tražilo. I dok sam ih slušala ja sam obavljala svoju odgovornost pričuvati i hraniti djetešce iz flašice. Djeca su tad čuvala djecu, a flašice su bile dobro oprane i iskuhane smeđe pivske flaše u kombinaciji sa dudom.

Moj je tatko za to vrijeme bio kod nekoga, svako sjedenje je bila inspiracija za neku pričicu. Te noći je sjedio kod Šuge u njegovoj toploj kućici čiji su zidovi bili obojani u svijetlo zelenu i svijetlo plavu boju. Na zidovima je bio okačen ukras sa natpisom: "U ovoj božjoj kući se ne psuje" koja me uvijek opominjala kad bi došla po tatku svoga. Sve je nekako bilo u skladu i kako su sjedili i kako su pomno jedan drugoga slušali. Kako se Šugo zvao Ivo Andrić tako sam mislila da je to naš čuveni pisac. Neki su čak dolazili u selo misleći da će se licem u lice sa poznatim nobelovcom naći.

Kad je vrijeme stasalo za djevojčke dane, išli bismo na igranke. Znalo je tu biti dosta mladeži, a bilo je i starijih. Mi koje smo imale 14 godina gledale smo u jednu prelijepu Garevljanku i zaključile da ona "jest da je najstarija, 25 joj je godina, ali je najljepša!". Jednom mi je Lucija Bajić pričala kako je dok je šetala ispred sale vidjela fiću u kojoj su bili dvojica starijih kandidata. Jedan od njih je bio Grgo iz Oteže i pitao: "Djevojke, bi l' se koja udala?"

Luca je na to samo odgovorila: "Mrš!" da bi se kasnije predomislila i ipak za njega pošla. Možda ostatak njihove priče djeluje kao kraj svake bajke, ali sjećam se, sve do njegove smrti živjeli su u najvećem skladu i veselju.

Moja dobra prijateljica i moj rod, uostalom, je bila Jadranka Stanić, blijede puti a crne kose. Bila je ozbiljna i odgovorna za svoje godine, ali blaga i dobre naravi. Najdraže nam je bilo tražiti bijele zumbule kad bi virili nekako s proljeća. Gledajući u mjesec jedne večeri zapitala se ona:

"Šta misliš, da li ćemo ikad tamo nas dvije stići?"

Kada bi proljeće sa zumbulima prošlo, ljeto sa igrankama i slatkim zerdelijama, a jesen ispunjena školskim danima, nastala bi zima i najavljivala noći u kojima bi se uz tople peći igralo prstenova.

Takvi su obično bili naši vikendi, nedeljom bi opet palili naš dobri jugić natovaren sirevima, kiselim mlijekom, suhim mesom i ostalim seoskim blagom i vraćali se u našu malu, isto tako punu života, Modriču.

Iza sebe bi ostavljali babu naslonjenju na ogradu, Lidiju kraj nje, pa onda sva ostala draga lica Garevca koja su činila jedinstven mozaik.

Do skorog viđenja!

Na putu bi tata znao ispričati neku pričicu npr. da je na mjestu gdje je sad Garevac bilo veliko zgariše, te je tako i nastalo njegovo ime. Kad bi došli kući, iz dnevne se sobe čulo kuc,kuc,kuc!

To je njegova pisaća mašina kao neka melodija ostavljala trag na papiru da svjedoči o branju lipa ili nekom drugom poljoprivrednom događaju koje će novine Zadrugar i objaviti.

Kad je došlo ratno vrijeme i vrijeme lutanja po svijetu, nije nikad ni mislio da će završiti negdje drugo. Do skorog viđenja!

Nije slučajnost da je sahranjen u mjestu gdje se rodio; to je bila njegova želja.

Nekada davno sam pročitala jednu pripovjetku Ive Andrića o nekom fratru Marku, koji je zbog svoje ljubavi prema samostanu čitav život posvetio živeći u njemu i uređujući ga. Poslije njegove smrti neko je urezao slova na negovom grobu: " Volio je samostan. Da se zna."

Meni se nekada čini da bi slične riječi najjednostavnije opisale mog tatu: "Volio je Garevac. Da se zna."

Dodatak kraju

Joke, Adama, Šuge i Ilija Pidžame već odavno nema među živima.

Jadranka je sa 14 godina poginula u saobraćajnoj nesreći vozeći biciklo. Kad pogledam u mjesec pomislim da je vidim kako mi maše.

Za Vinka Stanića se ne zna na kojoj je granici.

Čiča Pero je u staračkom domu u Parizu. Indolentan je dok ne vidi nekoga od nas.

Tad mu plave oči zasuze.

Lidija i baba Danica su za vrijeme rata izbjegle u Herceg Novi kod tetke Kaje.

Baba Danica je tu i umrla, sahranjena u Garevcu. Kuća je zaista zarasla u korov. Lidija je još uvijek u Crnoj Gori.

Tatko moj, Nikola Daničin, umro je od moždanog udara u Osijeku, sahranjen u svom rodnom (k)raju.

ZLATNE GODINE

piše: **Beba Stanić**

> *"Čudna je lokomotiva taj život.*
> *Misliš: pobjegao si, najprijed si otišao,*
> *a kad tamo iz tihe idile te posmatra*
> *tvoje djetinstvo"*

> Ivan Katušić

Bilo je to u ono lijepo doba prije rata kad je moj brat Marko postao drugim po redu najjačim čovjekom u čaršiji. Tako je bilo, a mi ćemo mu vjerovati na riječima. Jačina se mjerila obaranjem ruku, mislim, tuklo se kod nas na svakakve načine i iz raznoraznih razloga, međutim, slabo je to mjerilo snage bilo; pobjeđivao je onaj koga je "huja veća spopadala", ko je imao manji procenat alkohola u krvi i čiji su (ne) razlozi veći bili.

"Eh, što se kod nas degenječilo, moja Bebo, kad se mi uhvatimo marat'...", prisjeća se Marko, a kao da mu se čak osjeti i nostalgičan ton u riječima. Al' ja znam da u takvoj tuči, pravila nije moglo biti...

Tako je obaranje ruku uz dobro raspoloženje i prijateljsku publiku bilo najpravednije.

"Jesam, oborio sam Šimu i tako postao drugi", pa malo zastane u priči,

"...samo Kehana nisam mogao, Kehana niko oborit ne može. Niko!"

Ja se podbočila laktom, sumnjičavo se smješkam i tako iniciram još veće opravdavanje Markovo:

"Ma vjerujem ja tebi za našeg Kehija, al' za Šimu, eeeej, Marko..."

Šimo: rođak naš, od dvije smo sestre unučad, zgodan, šarmantan, pronicljiv, visok, tamne kose, ma takve momčine na daleko bilo nije, a duša mu pravedna i dobra. Hrabar kao Baš Čelik, a jak kako sami čelik. Heej, Marko!

A za Kehana je lako povjerovati. Čim ga vidiš, znaš da tu nema šale. Mišice krupne, ni dva para ženskih ruku obaviti ih moglo ne bi, a oči velike, malo izbočene i zelene izgledale uvijek pomalo pospane, al' to je bio znak da je kod njega uvijek sve bilo pod kontrolom i da zna ono što obični ljudi na prvi pogled ne bi znali. Ako biste imali nakit a sumnjali u njegovu vrijednost, samo ste trebali pokazati Kehanu i on bi to svojim mikroskopskim pogledom skenirao i bez ikakve dodatne analize kovina utvrdio njegovu vrijednost. Ovo ti nije zlato, ovo je džidža ili obratno. Znam to jer je meni na moj upit jednom rekao: "Ova ti je narukvica, Bebo, pravo zlato i to naše, 14-karatno." Ni u pečat pogledao nije.

Tako mi sve prolaze slike dok naslonjena gledam Marka kako se sve više uživljava u priču, pa onda odjednom dodaje:

"Ih, kad ti ništa ne vjeruješ..."

Vjerujem ja tebi da si jak, više se ne smijem tući s tobom kao nekada kad smo bili djeca. Uostalom modrički si fudbaler, a igrati fudbal kod nas nije bilo šala. Izdržljiv i sposoban moraš biti, jer

pod a) em, što dobiješ po cjevanicama i dolaziš kući krvav sa svakog treninga,

pod b) em, valja ti pored sposobnosti driblanja imati i sposobnost izbjegavanja balege kojom su modričke krave prirodno hranile travu našeg stadiona i konačno

pod c) valja ti bit i "bjen" ako ne izgubiš utakmicu kad si u gostima u nekom od lokalnih sela, a bogme i široj okolici, jer se dešavalo često da bi jedna grupa domaćih navijača sjedila sa čakijama u gledalištu, dok je druga radila na blokadi sela. E, pa ti stisni pa pobijedi.

Tako da biti modrički fudbaler značilo je igrati u prvoj svestranoj ligi u snazi i sposobnosti proricanja vlastite sudbine na utakmicama.

Podrazumijeva se da si jak, kad cijepaš drva, trese se cijela kuća (jednom sam mislila da je zemljotres došao i kod nas u Modriču), kad biciklom za tili čas dođeš do babe Danice u Garevac preko Pustare, Baja i Bujade, a ona te poji svježim kozjim mlijekom, a kad dođeš kući, mama ti iscijedi hrpu mrkve i to piješ umjesto vode. Tako su te mazile: "Neka, neka, treba njemu snaga, sjećate se kad je malan bio, kakav je slabašan bio..."

E, tu te sad hvatam i kao kad se nekome u čaršiji prikači neka loša priča pa je se nikako ne može riješiti, e tako i ja tebi sad prilažem ovaj dokaz koji imam u rukama, a to je slika kad si bio malan, jedno godinu dana, mršav, živi kostur, a nijedne dlake na glavi. Kako je onda od ovoga u snagatora izrasti moglo!

Ne bi mami pravo kad ja tako njemu:" Ih ti mala, šta hoćeš, baš je i tada bio lijep kao lutka, lako je tebi kad si naslijedila ćaćinu crnu garevačku grivu!", al' zna ona da se šalimo pa mi tobože stiskajući usne bez ijedne riječi priprijeti prstom da joj ne diram Marka.

"Dijete od godinu dana!", ne odustajem ja, "A i priču kad si se rodio znam."

Bilo je to u jesen '66 godine, eeej, kakve su to nekada zlatne jeseni bile i kakve su tad šljive rađale, sjećale bi se mama i naša draga komšinica, teta Džada dok su iz dana u dan ljeti ispijale kafu na pletenim stolicama pod našom jabukom. Biva bilo je i ljepših dana od ovih. Zlatne godine, zlatne, nastavljaju one sa nostalgičnim tonom, a sjećamo se i te 66-te... Zaplakao je mali Marko po dolasku na ovaj svijet da je svima po redu u gradačačkoj bolnici i okolini probio uši, a ne bi me začudilo ni da su od te dreke i same šljive s drveća popadale.

"Ih, al' i ti pretjerujeeeš..."

Ako je i to bila istina onda si činio dobra djela svim pijanim muževima što su se penjali na šljive da ih tresu, prvo mojoj tetki Ani u Dobrinji i njezinom šljiviku, manje bi onda brige imala za tetka Jakova, ne bi se pjan morao penjat na šljive i silazit te tako izlagat opasnosti lomljenja ruku i nogu, pa bi samo popadane šljive s puta kupio, pa bi i mojoj tetki tako manje brige bilo.

Vidjelo se da će ti na toj glavi bez ijedne dlake izrasti kosa bijela k'o snijeg ili k'o šatori Age Hasanage, bijela kao što to biva kod djece koja se bace na dobrinjsku domazetsku stranu.

A i na hrani si, brate, bio težak, čula sam, tri su te žene hranile, jedna bi te držala u krilu, druga nasmijavala, a treća (mama) iskorištavala taj osmjeh da ti ubaci zalogaj u usta. Vidjelo se, ali da ćeš u ovakvu snagu izrasti, e to se nije vidjelo!

E, tako ja završim svoju teoriju kao u onoj šali kad Crnogorac koji cijelo vrijeme tvrdi da nije silovao Crnogorku, a kad se ona poče žaliti sudiji da je istina, jer je vidjela da mu je ona stvar velika, on svoju cijelu teoriju sruši, ne da mu ponos, pa kaže: "E, što jes', jes'!"

E, tu se Marko primirio kad je vidio da ga priznajem kao jačeg protivnika a i meni kao i svakom žensku je uvijek mudrije bilo znati kad da prestanem pričati, da ne bi dobila "štosem u glavu". A to važi i za muške. Što manje priče, povoljnija situacija.

Sretne li su to godine meni bile. Modriča mi je bila centar svijeta kao nekada Kuduzu Foča, čini mi se da su moje predratne godine zlatnije bile od onih o kojima bi teta Džada i mama uz kafu svako ljeto u hladu naše jabuke pričale. Sad kad kažem predratne, u slučaju da se nađe neki strani čitatelj (u što čisto sumnjam) da napomenem da se radi o ratu '92. godine. Jer ako se nađete sa strancima i upustite u kobajagi pametnu diskusiju o istorijskim činjenicama Evrope, priča o ratu je neizbježna. Oni koji imalo poznaju sudbinu Balkana, odmah pitaju: "A koji rat?"

"Pa jâ, kod nas se uvijek ratovalo, kad bolje promislim, da, da, ja sam mislila na ovaj "najsvježiji", ovaj zbog kojeg sam ovdje gdje jesam...al' nećemo sad o tome."

Jedini tamniji oblačak koji se nadvio nad mojim bratom tih godina je bio odlazak u vojsku.

"Ajde, brate, pa nisi žensko da se patiš čitav život, ne depiliraš noge, na spavaš s gvozdenim viklerima na glavi i ne dodje ti da se ubiješ što ne znaš šta ćeš svake večeri obući kad izlaziš u Bumbar", a Marko bi odmahnuo i pomalo bespomoćno, a znao bi svaki svoj problem napraviti puno većim od tvoga:

"Ma čup'o bih ja i ruke i noge samo da ne idem. Valja godinu dana i 3 mjeseca bez prijepodnevne kafe u "Kecu", a poslije podne i navečer i bez ostalih kafića. A još kad se vraćaš ujutro cirkusa!. Neko pjan na klupi neko na groblju kod džamije..."

"Ja, braćo mila, ima li igdje jazbine k'o Modriče..." nanovo bi se smijao iz trbuha, "...bez toga valja 15 mjeseci."

I još kad je shvatio kako je ne pridodavajući veću važnost rubrici "ostale sposobnosti" u vojnom formularu napisao – lijevo krilo, "

FK Modriča" i druga liga "Sloga" Doboj- i kako su ga baš iz toga razloga stavili u pješadiju samo je uzdahnuo držeći pozivnicu i rekao:

"E sad je Markan stvarno najeb'o!"

Slavio bi se tako odlazak u vojsku, i čini mi se nikad kao tih godina; da preskočim jela i pređem odmah na piće, najprije su kao svi fini pa piju gazirane sokove od narandže iz malih prozirnih staklenih boca, a onda se naravno prelazilo na žestoko. Tako je sa modričke željezničke stanice odlazila '66. generacija u vojsku, netko vlakom u Zagorje, neko vozom u Sombor, a neko ubavo momče je moralo i do Makedonije.

Sjećam se tada da nam je kuća postala još veća i praznija. Mora da smo se dobro slagali kad nam je kuća postala velika jer muhanatoj čeljadi i dvorac je tijesan. Tako nekako kaže stara bosanska poslovica. Pošto smo imali jednu sobu viška, mama je prihvatila ponudu da se Cana nastani kod nas, barem dok Marko ne dođe iz vojske.

Bila je Tuzlanka, cura od jedno 30-tak godina i radila u Elektrodistribuciji koja je bila "daleko" - čitavih 150 metara od naše kuće. Tako smo dobile dobro društvo, a i prve vijesti iz čaršije.

Danas se radi i ravno ide kući, a u Modriči je običaj bio da se kuća na povratku s posla zaobiđe, pa poznatom alejom po čaršiji, a onda u kafić. Ili se dešavalao da ako ideš nešto kupiti a kuća ti je bila blizu Robne kuće prvo zaobiđeš robnu, a onda ideš u staru ili novu samoposlugu ili obrnuto; oni koji su bili blizu stare samoposluge dolazili bi u Robnu kuću "Modričanku" jer je centar i kafić "Kec" bio baš nekako u sredini. Tako je i naša Cana s posla prvo na kafu u Kec i svakakvih nam vijesti donosila.

Na primjer, ne bi mi ni znale da ne bi smjele izlaziti iz kuće da nam Cana nije javila kako je neki ludi karataš totalno prolupao od ljubavnih jada pa sve redom počeo ubijati. Tata bi govorio: "Sklanjajte glave s prozora!" ili "Kad prolazite kraj prozora, pužite!" (ovo k'o u partizanskoj ofanzivi!).

Od Cane smo prve saznale da se baš u to kaubojsko doba Modriče neki radnik koji je radio na popravci krova Osnovne škole "25. maj" opkladio kako će gol po hladnoći, znači, bilo je neko zimsko doba, otrčati do željezničke stanice i natrag. Da l' za gajbu piva ili za toliko i toliko crvenih novčanica sa Titovim likom, toga se ne sjećam. Samo znam da ga je policija ganjala misleći da je to napasni karataš u ljubavnom bijesu zaboravio sam sebe.

Al' kad je prošlo to jedino nemirno prijeratno doba, I kad je Modriču počeo behar krasiti, bilo je vrijeme za ponovno izlaženje, šetnje i sastajanje.

I dok je Marko ribao hodnike Titove vile u Vojvodini, mama i ja bismo često odlazile u šetnju tarevačkim putem.

Što su ti Tarevci posebno selo bilo! Ma šta selo?! Tu su kuće u to doba kao gljive poslije kiše rasle. A svako se od naših sela po nečemu isticalo: neko je prednjačio u hvali, neko u tuči, a neko u opterećenju telefonske mreže kao npr. Garevljani koji su prvi od svih sela dobili telefon pa toliko zvali da su službenici morali ići od kuće do kuće i moliti svijet da ne telefoniraju toliko jer će od tog silnog opterećenja mreža otići u neku stvar. Dok su se naši opet Tarevljani poznavali po krojačima i nadograđivanju kuća.

Ti ako imaš veliku kuću, do jutra ću ja imati veću, a ako si na prozor stavio glasan radio, ja ću stavit veći i glasniji. Nisu naravno svi takvi bili, ali oni koji jesu, mene su baš zabavljali i nasmijavali.

I uvijek jedan te isti prizor kad bi se mama i ja uputile u laganu šetnju Tarevcima do Hanke, zidara Akifa žene. Neke su kuće stvorene za sjedenje i ispijanje kafe, a takva je upravo Hankina kuća bila. Čista i uredna kako to samo Tarevljanke znaju urediti da se kuća blista. Kod Hanke naše preko tepiha ćilim, a preko njega ponjavica, da se sve to ne prlja, bijele zavjese do poda, heklanje po stolu i na kauču i poneki suvenir sa Baš Čaršije.

"Sad ću ja, sad ću!", požurivala bi sama sebe Hanka i ponovo popravljala gustu crvenu kosu u pundžu, onda se opet saginjala da zategne ponjave pa se čudila:

"Ja stvarno ne znam kako se one 'vako naboraju..ih, kako mi je sve neuredno u kući..", a mi vidimo da je sve na svom mjestu: " tako ti je kad si po čitav dan po vrućini na njivi, a valja postit...sad ću ja, sad ću ja kafu.."

Akifa nije bilo jer je otišao da zaradi koji dinar u Njemačkoj i mada u to vrijeme u svojom malom zaštićenom kutku zvanim Modriča nisam puno brinula o parama, sad se pitam da li išta može čovjeka unazaditi kao tuđina i novac?

Misli su mi bile tada u toj čudesnoj stvarnosti daleko od novčanih briga. Meni je bilo lijepo kod Hanke i lijepo na povratku kući prije mraka. Nebo je sumrak obojio u tople boje i tako krasio tarevačke kuće s krovovima, a i onih bez krovova a koje su u međuvremenu narasle barem za pola etaže.

TETKA ANA

piše: **Beba Stanić**

Bilo je tu nekad seoce od četiri kuće pod šumom, put, izvorska vodica, plodna poljana . O dolasku proljeća stidno su govorile ljubičice među suhim lišćem i još uvijek blatnjavom zemljom. I pokoja ptičica. I dok gledam tako iz daljine dok se približavam kući svoje tetke Ane, vidim nju kako maše jednom rukom, a u drugoj nosi kofu. Ja je nadjem u štali kako muze kravu i vidim svog "Šarenka" najljepše tele koje je ikad postojalo na ovome svijetu. Oči mu velike, a dlaka bijela sa crnim i smeđim šarama.

Vraćamo se u kuću.

Gori vatra, a tetka nam "pritura" kafu.Prije toga sjedeći na podu skida gornji sloj vrhnja iz druge kofe što se pretvorio u kajmak i sprema ga u galon. Kako moji, kad će joj doći sestra u posjetu, prva su pitanja. A daleko smo 3 kilometra jedni od drugih i nismo se vidjele jedno 3 dana. Bila je to tad daljina i bilo je to tad i previše dana za čekanje.

Onda nam sa prvim trešnjama dođe ljeto. I košenje sijena,tetki i tetku ruke pune posla. Navečer se žabe uskrekeću, još im se i zrikavci pridruže,pravo ozbijno takmičenje muzičkih talenata iz bare i sve to tako do duboku u noć. Mjesec šuti, valjda misli da nijedni nemaju pojma o pjesmi, ali se smiješi što je priroda i u svojoj zbrkanosti i neredu lijepa. Ali njegovo je da noć u Dobrinji učini plavom. Na tome nebu sam najviše zvijezda padavica vidjela.

Polako jedni po jedni dolaze iz dalekog svijeta i sastaju se tu, u tetkinoj kući. Malo seoce od djece i odraslih, njihovog smijeha i čestodnevnog ispijanja kafa ubrzo nalikuje na kakvo turističko mjesto. Trenutci vrijedni življenja. Pogotovo kad tetak Vlado (muž od druge po redu sestre Ljubice, a bilo ih je četiri) obuče se u žensko. On je bio naš glavni komičar. Znali su kopači iz daljine čuti veselje pa bi došli samo da vide čemu toliki smijeh. I tako jedno mjesec dana.

Onda dolaze rastanci.

"Mrzim rastanke" govorio bi taj moj tetak Vlado i gledao kako tetka Mila uplakana odlazi za Njemačku. A i njemu je valjalo poći u svoje Sarajevo. Mi ostajemo u svojoj Modriči i opet krenemo put Dobrinje svakog vikenda.

Jesen je. Mirišu dunje, pravi se zimica, ajvar obavezno. Ovaj put nam tetka dolazi u Modriču i donosi kestenje. Vašer je. Možda će i tetak svratit kad s "točkom" pođe s posla iz Rafinerije. A tetka se još šali, kaže šta će joj, ode ona sa Sekom Perincom na vašer sama.

Kad zima dođe i snijeg prekrije seoce od četiri kuće, reklo bi se kao da nema života. Ali samo na trenutak. Vidi se dim kako vijuga iz dimnjaka, tu se uvijek nešto se kuha i sprema.A kad dođe vrijeme za gibanicu sa pekmezom od jabuka, pače i šape znači da je Božić blizu. Smreka je okićena bonbonama zamotanim u svjetlucave papiriće raznih boja i čokoladice umotane u zlatnu foliju pa su izgledali kao dukati. Idemo na Badnjak kod tetke Ane.

Nekada, jeste, nekad je to bilo seoce od to malo kuća pod šumom, punom života. A sad napušteno, srušeno, bez plodova i oranice kao od nesretnog djevojčeta otetog blago, osramoćeno. U nekoj stranoj banji daleko od svoje bosanske njive umrla je tetka Ana prije nekoliko dana.

Rasute po svijetu, ostadosmo željne jedna druge.

Za moju tetku Anu,
preminuloj u rano nedeljno jutro 15. novembra 2009.

BAKA GINA

piše: **Zaharije Domazet**

Evo da udovoljim Barbarinoj želji, napisaću nešto i o svojoj baki Angelini ili kako su je zvali baka Gina; baš je bila onakva kako ju je Barbara kratko opisala a ja ću dodati još ponešto:

Moja baka Gina došla je nakon I svjetskog rata je u bivšu kraljevinu Jugoslaviju iz Slovačke koja je kao bivša pripadnica poražene strane (Austrougarske) takodje plaćala sve moguće vrste danaka i kompenzacija pobjednicima, ukratko tamo je tada vladala velika neimaština i glad, tako da je ona emigrirala u Kraljevinu Jugoslaviju i zaposlila se u Novom Sadu kao kuharica kod nekog višeg oficira jugoslovenske vojske. Inače, po ocu Austrijanka a po majci Slovakinja, rodjena i živjela do odlaska u Jugoslaviju u mjestu Rorbach na tromedji Austrije, Madjarske i Slovačke.

Kako je tada bečka kuhinja u kraljevini bila nešto veoma u trendu - moderno tako joj nije bio problem naći posao i tako se i skrasila kod tog oficira, vjerovatno višeg ranga, čim je sebi mogao priuštiti da ima "eksprta" za bečku kuhinju, a to je u njenom rodnom kraju bio maltene dio kućnog odgoja, naravno i uz perfektno znanje njemačkog i madjarskog jezika.

Tu je upoznala i mog djeda Jovana-Jovandeku koji je bio veliko simpatizer crvenih (komunista) i još veći simpatizer rakije, a u Novom Sadu je službovao kao žandar. Da ne bude zabune, komunisti su bili do 1921 legalna politička stranka, dok ih kralj Aleksandar nije stavio van zakona. Nakon što su se vjenčali, (tada se morala pokrstiti-preći na pravoslavlje i otud joj novo ime Angelina, inače njeno pravo ime je bilo Marija Magdalena Vrabich) djed Jovandeka kako zbog svoje sklonosti ka rakiji i crvenima dobije nogu iz žandara - vjerovarno zbog ovog drugog jer se na rakiju moglo i zažmititi, i vrate se oni u Podnovlje odakle je on i poticao i gdje je mu je bila i mati i brat i sestra, i tu počinju svakojake zgode sa njima.

Ona kao "Švabica" sigurno je bila neka vrsta čuda u selu, a tek komunikacija sa mještanima i razne jezičke zamke bile su priča za sebe. Sjećam se jedne takve anegdote koju mi je ispričala nekad davno mati.

Dodje jednom neka komšinica da zaište u zajam "rašeto (sito) i teke brašna". Ode baka u udžeru, nadje to "rašeto", nadje brašno i nastavi da pretura po udžeri a ova kona gleda u čudu pa pita: "Eto našla si i rašeto i brašno, šta još tražiš?" "Ma ne mogu da nadjem ono teke" rekla je baka, nemajući pojma šta to "teke" znači dok joj ova nije objasnila da to znači malo.

I još jedna od anegdota koja više oslikava tog mog djeda:kad se rodlila moja mati i onako u bešici jedne noći je plakala više nego obično, ustaje baka jednom poljulja bešiku, umiri je, onda još nekoliko puta u toku noći, i onda baka onako umorna kaže Jovandeki: "De bolan Jovane poljuljaj malo i ti", a Jovandeki to ni na kraj pameti. "Jovane bolan plače dijete" "Pa ljuljaj ga mati si mu", odgovara Jovandeka. "Pa Jovane dijete je i tvoje koliko i moje" opet će baka, a Jovandeka na to odgovori: "Nek moja polovica plače a ti svoju ljuljaj".

Taj moj djed je bio poprilična boemčina, nakon što je dobio nogu iz žandara okrene on u zidariju, al od te njegove "umjetnosti" jedinu korist su vidjeli krčmari i svirači; znao je on u sezoni, pogoditi 2-3 kuće, završi posao doprate ga po 2 fijakera svirača i on umjesto u kuću, da donese koju paru, on u štalu, odveže kravu da podmiri dugove koje je napravio bančeći i časteći. Tako mu je rakija i došla glave, umro je negdje 3 godine prije II. svjetkog rata.

Eto tako je to bilo sa bakom Ginom umrla je nekoliko dana prije nego je navršila 90 godina, a živjela je baš onako kako je to Barbara kratko opisala, a ja bih dodao prije svega, pametno.

MOJA TAREVAČKA NENA
(odlomak)

piše: **Vera Mujbegović**

Od mnogobrojnih imena kojima se u nas oslovljavaju majke naših roditelja, babe, bake, staramajke, nane, omame, bajke i slično, očeva majka bila je po običaju bosanskih Muslimana jednostavno i kratko - Nena. Kad su mi rekli da je tako zovem - imala sam 5-6 godina - bilo mi je čudno i neobično, ali sam se ubrzo navikla. Pravo ime bilo joj je Devleta ili Devla - Devlethanuma, ali su je svi zvali Nena.

"Nena je javila da će doći", govorio je otac. Majka je pripremala prostor za goste, kupovala je zejtin pošto Nena "ne jede mast" i slične stvari. Odjednom, jednog dana banula je na vrata bez najave, omanja, sitna žena u zaru, naboranog lica, živahna i nasmijana vodeći za ruku najmlađeg sina, mog strica Brajka. Bio je to lijepo odnjegovan, plavokos deran u novom teget odijelu koji je više bio moj drugar nego očev brat ili moj stric. Sve je to bilo za mene neobično, majka je bila malo zbunjena, dok otac takvim stvarima nije pridavao posebnu važnost. Za njega je bilo dovoljno da kaže, eto, to je Nena, a ovo je moj najmlađi brat Brajko i da se to primi kao gotova činjenica. U stvari Brajko se rodio 1922. kad je otac bio na drugoj godini studija u Beču.

Mnogo više od nas bili su uzbuđeni naši gosti, Nena i Brajko. Njima je sve bilo novo i neobično - stan na prvom spratu sa visokim stepenicama, sobe skromno namještene, ali ipak drugačije nego kod njih na selu, a iznad svega voda, voda koja teče iz česme u kuhinji, u kupatilu i u zahodu ili nužniku. Brajko je svaki čas odlazio u WC, povlačio gajtan za vodu i divio se toj spravi, dok je Nena bez prestanka ponavljala omiljenu rečenicu: "Jazuk je snaho da voda otiče za džabe", što je značilo da vodu treba čuvati i uzimati samo onoliko koliko je potrebno, pošto su oni u Tarevcima svaku kap vode donosili u kanti ili u ibriku sa dosta udaljene česme. Pored oduševljenja vodom, Brajko je volio da se igra sa mnom, iako sam bila pet godina mlađa od njega, pa smo se tako po cio dan igrali žmurke, sakrivali se ispod kreveta i igrali se loptom, a vodila sam ga i u malo dvorište iza zgrade Doma, da mu pokažem kaveze sa zamorčićima koji su tamo živjeli i grickali po cio dan neki zeleniš. Nekoliko dana koje su kod nas proveli bili su nam prijatni i veseli. Nena je zapravo dovela Brajka da ga ostavi kod nas da bi u Tuzli pohađao Osnovnu školu. Međutim, pošto je u Tarevcima tada bila otvorena nova, velika škola, otac je rekao da je završi kod kuće, pa da dođe kod nas s polaskom u Gimnaziju. Otac je bio riješio da sada, kad je mogao, pomogne mlađu braću u školovanju. Tako je i bilo.

Taj prvi Nenin boravak kod nas pao je negdje, mislim 1932. godine, da bi, zatim, nastavila da nas posjećuje periodično, svake dvije godine ili češće. Smatrala je da je prirodno da dolazi kod sina, bez obzira što je njena snaha iz nekog drugog svijeta. Prilagodljiva, kakva je bila, nije joj ništa smetalo, naprotiv, izgledalo je da joj je baš milo što ima ne samo sina doktora, već i snahu hrišćanku. Nije, međutim, pominjala da bi došla kod nas sa svojim mužem, našim djedom Abazbegom. "Begu treba ići na noge i on čeka da vi dođete kod njega", govorila je majci. Nju su jako radovali dolasci u Tuzlu, nikada nije unaprijed javila kad dolazi, sama se snalazila na stanici i uvijek je našla nekog dječka da joj ponese stvari. Otac je, kao i njegova braća, imao jednu tradicionalnu rečenicu kojom je objašnjavao sklonost svoje majke za putovanja i nenajavljene posjete. Govorio je: "Naša mati voli da hoda", što mi nije bilo jasno, tek kasnije sam shvatila da je bila riječ o Neninoj sklonosti da odlazi od kuće i pravi posjete sinovima i rodbini. Dok su neke starije žene iz Neninog okruženja jedva negdje otputovale, a neke možda nisu nikada, Nena je bila u stalnom pokretu, nije voljela mirovanje i tražila je razlog da se negdje pokrene, a gdje ćeš veći razlog nego da posjeti sina-doktora na kog je bila vrlo ponosna. Sa mnom je odmah sklopila neku vrstu prijateljstva, ne kao unuka i baka, već prosto kao neka vrsta drugarice, da ja njoj pričam o gradskom životu, a ona meni ono što ona zna. Kad smo ostajale same ona je iz jedne maramice vadila zrna pasulja, ili po njenom graha, pa ga je razmještala na ravnoj površini.

"Sad ću ja tebi da bacam grah", govorila je i počinjala jedan neobični ritual. Dijelila je grah na manje grupice od po dva ili tri, a možda i četiri zrna, čemu je davala određeno značenje. Otprilike, "kao neko će doći u kuću", "neka hudovica nam misli dobro", a opet "neka mlada žena se sprema da dođe kod nas", "iz večeri će nam doći glas od priko Drine". Tim njenim improvizacijama nije bilo kraja, ali uglavnom, uvijek se sve lijepo svršavalo po mene. Moram reći da sam voljela te Nenine priče uz bacanje graha, iako nisam bila sklona da u njih povjerujem, ali me zabavljalo Nenino tumačenje budućih događaja i njen tihi glas kojim je to na neki tajanstven način izgovarala. Nena se trudila da to radimo kad otac i majka nisu kod kuće pošto je slutila da bi se otac tome smijao. Kako je bila nepismena nije mogla da čita novine ni knjige a ni da ide u bioskop, ali je i u Tuzli našla načina da ide u posjete. Čim je stigla i raspakovala se, već drugi dan počinjala je uvijek istu pjesmu: "Snaho, vodi me kod Hasne", pa je majka, iako nerado, morala da joj ispuni želju. Hasna je bila mlađa žena udata za opštinskog činovnika Hasića rodom iz Rajinaca (Međaši), koja je bila u nekom daljnjem srodstvu. Tako je Nena išla u zvanične posjete najprije kod Hasne, a onda i kod nekih drugih porodica sa kojima smo se družili. Gdje god je došla, lijepo se snalazila, imala je uvek temu za razgovor, divila se svemu i svačemu, ukratko - dobro se zabavljala. Majka je ponekad mene slala s Nenom kod Hasne pošto ona sama nije mogla nigdje da ide.

Tada sam sjedila zvanično sa Nenom na minderluku, posluživali su nju, ali i mene, kafu ili limunadu, a uz to i neki kolač, hurmašicu ili baklavu, sve u svemu bilo je interesantno i mi smo se poslije dužeg sjedenja vraćale kući.

Pored svakodnevnih, običnih tema Nena je imala jednu životnu, dugoročnu temu kojoj se stalno vraćala. Bio je to njen "ceterum censeo", a imalo je smisla ponavljati ga kod sina-doktora, koji bi jedini mogao da joj iziđe u susret. Od 1909. godine kada je otišla sa svojim djedom Smailbegom Hajdarbašićem u Tursku, Nenina ćerka iz prvog braka Rašida živjela je tamo, udala se, izrodila djecu, a da je Nena nije vidjela. Njena omiljena rečenica bila je: "Kad ću ja vidjet' svoje Rašide?", što je bilo u stvari tužno, a ocu ponekad i dosadno. Ipak, u vrijeme kad sam imala već desetak godina, negdje 1936. ili 1937. otac je riješio da ispuni Neni želju i da je pošalje u Tursku kako bi vidjela "svoje Rašide". Bila je to čitava operacija, trebalo je dopisati se sa zetom u Adapazaru, ugovoriti termin dolaska da bi je sačekali u Carigradu, zatim odvesti u Beograd. Mehmed, mlađi očev brat, ju je smjestio u Orijent-ekspres, kupio kartu, a ljude koji su putovali do Carigrada zamolio da pripaze na njegovu majku. Još prije polaska voza Nena se sprijateljila sa cijelim kupeom i izdržala dugu vožnju, željno očekujući susret sa ćerkom i njenim potomstvom. Dok se ona spremala za put moja majka je govorila da bi trebalo da joj se oko vrata ispiše natpis sa osnovnim podacima i gdje putuje, da se ne bi izgubila, na što je otac odgovorio da bi se prije neko od nas izgubio nego njegova mati.

Sinovi, a među njima i moj otac, smatrali su da je Nena sposobna i prilagodljiva i da će se snaći u svakoj situaciji. "Zar ti ne znaš", govorio je otac majci, "da je naša mati Užičanka?", što je značilo da je spretna, mudra i sposobna. Moji stričevi su majku nazivali "Užička", kao i druge žene u selu koje su bile istog porijekla. Pri boljem posmatranju mogla se primjetiti razlika između starosjedilačkih, bosanskih žena i ovih koje su zvali "Užičke". Za čovjeka koji je bio oženjen porijeklom Užičankom govorilo se "Ima ženu Užičku" - što je bilo neka vrsta komplimenta, ali i nekog "ne daj bože", jer su one bile, bar po priči, svojeglave, uporne i prepametne. "Naša mati je ters-žena", govorili su moji stričevi, što je trebalo da znači da je samovoljna, tvrdoglava i da slijedi samo svoju volju. Moram reći da je prema meni kao i prema ostalim unucima Nena pokazivala samo svoje najbolje strane. Bila je sa nama meka, dobre volje, darežljiva i spremna za razgovor i šalu.

...

Za Nenu je svaki dolazak u Tuzlu bio poseban doživljaj, ne samo zbog njenog sina-doktora, već i zbog dolaska iz sela u "veliki svijet" o čemu je maštala od svoje mladosti. "I naši su došli iz Užica", često je ponavljala, da naglasi svoje gradsko porijeklo.

Između žene gradskog i seoskog bega postojala je prilična razlika - gradske begovice su se počele modernizovati, učiti škole i pomalo se evropski oblačiti. Tako je otac jednom sa nama poveo Nenu u Maline prilikom pregleda stare Kulovićke, da se upozna s njom, Rašide-hanumom. Nena se lijepo zabavljala, njoj je bilo važno da se ide "nekuda", dok je stara Kulovićka kritički mjerkala Nenu i s podozrenjem slušala njeno veselo čavrljanje.

Nenu ništa nije moglo uplašiti ni savladati. Njena želja da dođe kod sina bila je jača od lažnog ponosa ili podozrenja prema snahi hrišćanki, pa je dolazila često i kad god je mogla. U svakom stanu u kom smo stanovali boravila je više puta i uvijek se iznova divila kući, uređenju i naročito vodi koja kako je govorila "teče na sve strane".

Iako u stanu nismo imali ni sećije ni minderluke, Nena je sebi odmah našla mjesto na jednom divanu, tu je sjedila, pušila i pila kafu ujutro i poslije podne. Na divanu je sjedila podvijenih nogu, cigarete je zavijala iz jedne svoje kutije za duhan i ustima je vlažila tanki papir u koji je uvijala duhan. To je bio ritual koji sam s velikim interesovanjem posmatrala, jer to kod nas niko drugi nije radio. Sve sam čekala da joj nekako ispadne duhan iz papira, ali to se nije dešavalo. Njena spretnost je bila utemeljena na velikom iskustvu. "Snaho, hoćemo li zaduhaniti", govorila je majci koja je u to vrijeme još pušila.

Nena je nosila i ljeti i zimi šamiju, ljeti malo tanju a zimi deblju i vezivala ju je oko glave sa čvorom ispod brade i glava je bila uokvirena šamijom, dok su neke druge žene, čak i starije, nosile tanke šamije obavijene oko glave, i ostavljale su slobodnim vrat i uši. Ta šamija činila je Nenu još mnogo starijom nego što je bila.

Muslimanska ženska nošnja u gradu sastoji se od bluze, dimija i šamije, a odozgo zar i peča. Na selu duga košulja do zemlje, pa preko nje feredža, od tamne teget ili crne vunene tkanine, dok je lice tj. cijela glava umotano u bijelu maramu, samo je ostavljen prorez za oči. Gradske i varoške žene, pa i na selu begovske žene nosile su zar od prugastog pamučnog platna svijetle boje sa crnom pečom preko očiju koja je pokrivala lice, a bila je prilično tanka tako da su se mogle nazrijeti konture lika ispod peče. Nenino oblačenje zara i svega ostalog bilo je za mene prava razonoda, neka vrsta predstave. Nena je najprije uvlačila bluzu u dimije, zatim je zatezala učkur na dimijama i stezala do kraja pa ga je vezivala i uvlačila pod pojas. poslije je uvlačila noge u zar koji je takođe vezivan u pasu i imao je gornji dio kao ogrtač bez rukava u vidu neke pelerine prišivene za pojas, a ispod njega je stavljala peču pa je onda gornji dio vezivala preko čela na potiljku. To je bila zaista neponovljiva predstava, utoliko više što je Nena o tome činu pričala razne šaljive pričice i u stvari ismijavala samu sebe što to mora da oblači. Nena je imala uska ali uspravna leđa, nimalo pogrbljena, već prava kao u djevojke, malo uzdignuta, zašiljena ramena.

Otac je govorio da Nena klanja običaja radi, ali da je njegov otac, moj djed, istinski religiozan čovek koji živi po vjerskim pravilima i smatra ih svetinjom. Oko podne Nena je ulazila u spavaću sobu koja je u to vrijeme prazna i klanjala je. Ja sam kroz poluodškrinuta vrata virila da vidim šta se tamo događa. Nena se najprije lagano, a kasnije čini mi se sve brže saginjala i dodirivala pod, sjedala na ćilim, a zatim ustajala, savijala se i saginjala, izgovarala je tiho neku molitvu i zadržavala se u svakom položaju određeno vrijeme. Ni djevojčice mog uzrasta ne bi mogle brže i lakše da se previjaju, padaju ničice i spuštaju se na koljena. Majka je primijetila moje virenje. "Zašto viriš, uđi lijepo unutra i zamoli je da se pored tebe moli bogu, onda ćeš vidjeti sve po redu".

I zaista, Neni nije smetalo ni kad sam ušla, ona je svoj posao odradila od početka do kraja i poslije je veselo pitala: "Hoćeš da te naučim - da klanjaš?". Nisam pristala, najviše što sam se stidjela, ali da me je naučila vjerujem da roditelji ne bi imali ništa protiv. Oni bi to prihvatili s praktične strane, kao neku vrstu tjelesne vežbe korisne svakom živom biću.

Nena nije pretjerivala u upotrebi turskih reči, tako da sam je lijepo razumjela. Ipak, često su se pojavile neke čudne reči koje sam vremenom uspijevala da odgonetnem. Riječ "Tešto, tešto", značilo je "neka, neka", neka vrsta odobravanja, često je izgovarala, mada je ja nisam našla ni u Škaljićevom rječniku turcizama. Ponekad joj se omakla riječ "tekne", što znači korito, ili "maštrafa" što znači čaša. Sve te riječi sam pamtila, pa sam ih onda ljeti citirala mojoj Majci u Debrcu. Najsmješnije od svega mi je bilo što je Nena pismo zvala "knjiga". "Pisali smo knjigu", ili "došla nam je knjiga". Mnogo vremena mi je trebalo da dokučim da je riječ o pismu. Odjeću koju je nosila, Nena je zvala "haljine" ili "haljinka".

Moja omiljena razonoda bila je igra riječima, propitivanje mojih baba, Nene i Majke u Debrcu, da li zna šta znači to i to. Čula sam vazdan smiješnih i neobičnih riječi od Nene, pa sam onda ispitivala Majku ljeti da li zna šta je to. "Znaš li ti Majka, šta je to "vas dunjaluk"? Majka se isčuđavala, dizala je obrve iznad svog cvikera i govorila je da nikad nije čula. "E, pa to ti je - čitav svijet". "Ko to kaže", pa kaže Nena, na šta je Majkin odgovor bio: "Mi smo dva svijeta". To "dva svijeta" često se ponavljalo u izjavama moje mame i Majke, pa sam se ponekad pitala - ako su oni dva svijeta, u kom sam ja svijetu, da li Neninom ili Majkinom. Razumjela sam dosta rano da nisam ni u jednom ni u drugom, već negdje "između". I jedan i drugi mi je bio blizak i drag, ali nisam ni jednom pripadala bez ostatka.

Osim "vas dunjaluk", bilo je još mnogo riječi koje sam čula od Nene i što je ona pokušavala da mi objasni. Mene je mučilo pitanje, šta to radi hodža onako visoko na minaretu. Na moje beskrajno propitivanje Nena je zvanično odgovarala: "Hodža ne srče kahvu na munari, već uči ezan", što je opet bilo nejasno. Što se tiče Nene nju nije bilo moguće iznenaditi bilo čime, riječima ili nekim pričama. Ona je sve prihvatala u momentu i nije se nikada isčuđavala. Za nju je važila ona latinska maksima: "Ništa ljudsko nije mi strano".

Od svega je za mene najveće čudo bilo što je Nena govorila da je rodila dvanaestoro dece, jednu ćerku iz prvog braka i jedanaestoro dece s Abazbegom Mujbegovićem, što znači da je rađala od 1892. do 1922. u toku trideset godina od svoje šesnaeste do svoje četrdeset šeste (to sam naknadno izračunala). Posljednji sin Ibrahim/Brajko rodio se kad je otac bio na drugoj godini studija u Beču. Nekoliko male djece do godinu dana joj je pomrlo, a odrasli sin Fehim ubijen je u seoskoj svađi 1926. godine nožem u leđa, i to od svog najboljeg druga. I tada je otac bio još na studiju u Beču. Majka mi je pričala da ga je ta vijest jako potresla, pošto je Fehim bio "najljepši i najjači od sve braće". Tako su Neni ostala sedmorica živih sinova i ćerka Rašida u Turskoj.

Bilo je teško nemati žensko dijete, nego se oslanjati samo na sinove i snahe, to jest biti samo svekrva. Ipak, Nena se dobro slagala sa svim tim ženama, odlazila je kod njih i pričala o njima.

Poslije smrti svog muža, čija je riječ bila zakon u kući i kome je bila poslušna žena, Nena je postala slobodna k'o ptica na grani. Njenoj slobodoljubivoj i nezavisnoj prirodi je odgovaralo da može da se kreće, da obilazi sinove, da putuje, da odlazi sa ženama u banju i slično. Osim sinova u selu, imala je sinove u Zenici, nas u Tuzli, a poslije rata jednog "u Biogradu" i unuku u Užicu. Tako je nastala istinska anegdota kako je jedna djevojka iz sela srela Nenu kad se uputila u Modriču i zapitala: "Kud si krenula Abazbegovice", na što je Nena odgovorila: "Ama ne znam još, kad stignem na stanicu vidiću - jal' ću u Zenicu, jal' u Tuzlu". Bilo je to poslije rata kad je proradila pruga Šamac-Sarajevo i prošla kroz Modriču.

Drugi svjetski rat donijeće Neni velika stradanja i žrtve, poginuće joj sin-doktor u februaru 1942. a iste godine i mlađi sin Smail u Srbiji - obojica od četničke ruke. Sve će to Nena izdržati i podnijeti stoički i hrabro, bez kukanja i bez jadikovki. Od sina Smaila, pošto nije bio oženjen, ostala joj je skromna penzija od oko 1200 dinara, što je ona zvala "Smailova penzija", ponosila se time i od tih para je štedjela i davala nama mlađima, a unuka je bilo, hvala bogu, dvanaestoro.

Ne samo što je izgubila dvojicu sinova, već se i njen način života promijenio. Žene su se poslije rata otkrile, nije bilo više pokrivanja, što je Neni jako odgovaralo. Njena nezavisna i slobodna priroda bila je konačno od svega oslobođena, mogla je da ide kud hoće i da radi šta hoće, a to je upravo njoj trebalo. Nena je prestala da klanja i da posti, ona je išla za svojim sinovima i težila je modernizaciji. Kad je otišla poslije rata drugi put kod ćerke u Tursku, ostala je mjesec dana, ali je zet, Rašidin muž pisao. "Moramo je vratiti u Bosnu, jer će nam zapaliti kuću, propagira ovdje komunizam", što je bilo jako smiješno, ali s obzirom na Nenina moderna shvatanja o ženskoj ravnopravnosti, mora da im je tamo u Adapazaru sve to bilo neobično i "opasno". Kad je konačno Nenina ćerka Rašida, došla u našu zemlju, zakasnila je za cijelu godinu dana - Nena je već umrla. Rašida je bila lijepa, crna i stasita žena, sa prekrasnom kosom i očima, nije ličila ni na kog, već izgleda na svog oca koji je mlad umro. Toliko su joj odugovlačili Turci s vizom, da je prošla godina dana u čekanju.

Žilava i savitljiva kao brezov prutić, Nena je bila tvrđava optimizma i vjere u budućnost, ali izgledom je odavala staru ženu. Naborano lice, svega nekoliko preostalih zuba u glavi, činili su da je Nena izgledala starija nego što je bila. Na moje pitanje koliko ima godina, odgovarala je uvijek isto: "Rodila sam se dvije godine pred što je Švabo prišo u Bosnu, pa ti računaj!". To je značilo dvije godine pred 1878. kada je Zapadna Evropa dala Austrougarskoj mandat da okupira Bosnu i Hercegovinu. Znači da je Nena u naše vrijeme imala oko 60 godina (rođ. 1876).

Posljednji put sam vidjela Nenu u jesen 1957. godine, poslije čega će ubrzo umrijeti. Bila se istopila, prestala je takoreći da jede. Živela je kod najstarijeg sina Avde i njegove dobre žene Fahire koja ju je pazila i njegovala. "Koliko je sahat?", bilo je omiljeno Nenino pitanje koje je postavljala u svakoj prilici. S tim pitanjem Nena će i završiti svoj život. Njena radoznalost nije popuštala ni pred blijedolikim anđelom smrti. Posljednje što je rekla: "Kaži mi snaho koliko je sahat, da znam kad ću umrijet". Nena je do poslednjeg trenutka bila radoznala i živog duha.

porodica Mujbegović, juni 1937.godine

Likovi iz priče "MOJA TAREVAČKA NENA"

Vera Mujbegović

Ibrahim Brajko Mujbegović

Zaga Mujbegović

dr Mustafa Mujbegović

HEJ, GLEDAJ ČIČE OD MODRIČE

piše: **Amir Sarvan**

Riječi "**Hej, gledaj čiče od Modriče**" su prvi stihovi pjesme "**Čiča od Modriče**", za koju je tekst i muziku napisao **Jozo Penava**, a prvi put otpjevao **Dragoljub Lazarević** uz muzičku pratnju Tamburaškog orkestra Radio Televizije Sarajevo, na Festivalu "Ilidža" 1965.godine.

prvo (i možda jedino) izdanje pjesme "Čiča od Modriče na gramofonskoj ploči, 1965.godine

Autor pjesme je Jozo Penava, koji je za mnoge muzičke stručnjake "najznačajniji i najproduktivniji bosanskohercegovački stvaratelj narodnih pjesmama, posebno sevdalinki i takozvanih 'novo-komponovanih narodnih pjesmama' koje je radio na elementima folklornog naslijeđa Balkana".

Neki od najvećih pjevača narodne muzike svih vremena pjevali su Penavine pjesme, među kojima su: Safet Isović, Zaim Imamović, Nada Mamula, Nedžad Salković, Vida Pavlović, Silvana Armenulić, Meho Puzić, Beba Selimović, Nedjeljko Bilkić, Zehra Deović, Himzo Polovina, Zora Dubljević i mnogi drugi. Stvarao je preko pet decenija i napisao oko 300 pjesama. Mnogi će reći da je bio najbosanskiji autor. Opjevao je Sarajevo sa svih strana, pjevao je o cijeloj Bosni i Hercegovini, o njenim rijekama, šumama, izvorima, običajima... a u ovoj pjesmi je za sva vremena ovjekovječio i **Modriču**.

Zaim Imamović:
"...*Niko nije znao pisati sevdalinku, a da ostane vjernija onom svom pravom duhu, kao Jozo Penava pokojni... Bilo je još nekih, ali to nije ni blizu... Jozo je bio najvjerniji onom izvornom melosu. On je ostavio divnih pjesama, divnih tekstova, sadržajnih, melodičnih... najbolji je bio Jozo! Niko ne bi rekao da to nisu izvorne pjesme, to što je on pisao*!

Safet Isović:
"...*Jozo Penava je mnoge pjesme otrgao od zaborava, a mnoge podario našem narodu da ih danas tretiramo kao izvornim sevdalinkama... Ovih 44 godine trajanja zahvaljujem pokojnom Jozi Penavi... Silne sate sam proveo naslonjen na klavir i uz Jozu Penavu, učeći ton po ton sevdalinke... Još mu jednom hvala*!"

Hej, gledaj čiče od Modriče
kako igra uz mladiće.
Hoće čiča, blago meni
sa djevojkom da se ženi.

       Ej, vragolan je stari čiča
       s djevojkama zna da priča.
       Tri djevojke, k'o tri vile
       u čiču se zaljubile.

Hajde, čiča, ne budali
s curama se ti ne šali.
Sve su cure đavoli
nijedna te ne voli.

       Hej, igra čiča po sijelima
       nadmeće se sa momcima.
       Kakvi momci i mladići
       sve djevojke lete čiči.

Hej, igrat' znade, pjevat' znade
a ponešto i ukrade.
Neće ovu, neće onu
Već lijepu crnooku.

       Hajde, čiča, ne budali
       s curama se ti ne šali.
       Sve su cure đavoli
       nijedna te ne voli.

Hej, tek u zoru krenu kući
od ljubavi posrćući.
Nije šala, tri ga vile
ispod ruke dopratile.

       Hej, a kada se probudio
       sam se sebi začudio.
       Što je starom čiči milo
       to mu se i u snu snilo.

Hajde, čiča, ne budali
s curama se ti ne šali.
Sve su cure đavoli
nijedna te ne voli.

Jozo Penava, autor pjesme

Dragoljub Lazarević, izvođač pjesme

STARI ŽIVOT

piše: **Asim Sarvan**

"...Rođen sam u Modriči 1949 godine. Osnovnu školu završio sam u Paraćinu i Mladenovcu, zatim i gimnaziju, također, u Mladenovcu stekavši diplomu 1970. U želji da nastavim školovanje, upisao sam Filološki fakultet u Beogradu.

Međutim, strast prema rock n' roll-u, odvela me u muzički svemir, samo nekoliko mjeseci kasnije. U jesen 1970 i početkom sljedeće 1971 godine, stigao sam u salon umjetnosti. U okviru humorističko-zabavne serije "Tip – top Kabare", na prvom programu Radio Beograda, sa prijateljem i kolegom Ljubom Ninkovićem izvodio sam kratke muzičke forme satiričnog tipa, tzv. "songove". Bila je to uvodna faza, neka vrsta pripreme. Nije prošlo ni pola godine, sa braćom Miomirom i Vojislavom Đukićem, osnivamo muzičku grupu pod nazivom "S vremena na vreme", sa kojom i danas (povremeno) radim.

Jedna od osnovnih odlika rada grupe "S vremena na vreme" bio je pokušaj stvaranja originalnog domaćeg urbanog zvuka te drugačijeg tumačenja folklora kroz pop i rok kulturu, ali uz poštovanje čistote tradicije jer smo smatrali, da su naši najveći uzori, Beatles, nešto slično činili u okvirima svoje kulture.

Na mene lično, tradicija, naročito, izvorna narodna pjesma, izvršila je presudan uticaj još u djetinjstvu kada sam instiktivno i spontano upijao tu jednostavnost narodnog izraza u kome, zasigurno, obitava neokrnjena ljepota, čega sam u potpunosti tek mnogo kasnije postao svjestan..."

Put putuje karavan

Put prolazi karavan, jaran moj i ja,
put putuje paši nosi, ašik pehar na dar.
Suze roni jaraj moj, suze ronim ja,
ašik žena niti sluti, niti sve to zna.

    U ma, u ma, u ma da, karavan,
    u ma, u ma, u ma da, pusti san.
    U ma, u ma, u ma da, karavan,
    U ma, u ma, u ma da, maš'alah.

Oteće je jaran moj, oteću je ja,
kome li će halal biti, kome sudnji dan.
Oteću je dina mi, kao strava bol
oteću je nek' je jaran po sto puta moj.

    U ma, u ma, u ma da, karavan....

Prošao je karavan, svanuo je dan,
ostala je želja pusta, samo pusti san.
Suze roni jaraj moj, suze ronim ja,
ašik žena niti sluti, niti sve to zna.

    U ma, u ma, u ma da, karavan....

Asim Sarvan

BAJKA O TRI MODRIČKA GIMNAZIJALCA

piše: **Amir Sarvan**

U neka davna vremena,ima tome i preko 100 godina, išla su u isti razred tuzlanske gimnazije tri mladića porijeklom iz Modriče. Bila su to vremena kada Modriča još nije imala gimnaziju i đaci koji su pokazivali uspjeh u školi mogli su nastaviti školovanje samo u većim gradovima daleko od Modriče i po pravilu samo uz izdašnu novčanu pomoć dobrotvora ili kulturnih i vjerskih udruženja.

Sva trojica modričkih mladića su, kao i ostalih 15 mladića iz njihovog razreda, u junu 1921. godine položila završni razred, a kasnije i maturu. Nakon mature, ova tri modrička maturanta su nastavila školovanje: jedan je studirao slikarstvo u Beču i Parizu, drugi je studirao medicinu, takođe u Beču, a treći etnologiju u Beogradu. Nakon uspješno završenih studija, nastavljaju se njihovi uspjesi. Njihovi životi i uspjesi su pomalo podsjećali na bajke.

Slikar je portretisao mnoge članove evropskih kraljevskih porodica i za mnoge svjetske likovne kritičare slovi kao najveći portretista 20-tog vijeka. Ljekar je specijalizirao pedijatriju i bio rukovodilac Dječijeg dispanzera u Tuzli. Etnolog je već sa 26 godina doktorirao, napisao veliki broj naučnih radova, bio profesor na Filozofskom fakultetu u Sarajevu i redovan član Akademije nauka BiH.

Zahvaljujući internetu, za one koje to interesuje, danas su mnoge informacije o njima lako dostupne. Ovdje će biti ispisane samo po jedna kratka crtica iz njihovih života. Slijede priče o nekadašnjim modričkim gimnazijalcima:

Kristijan Kreković

Mustafa Mujbegović

Milenko Filipović

Priča prva: Kristijan, slikar

Kristijan (Kristian) Kreković je rođen je u Koprivni kod Modriče, 28. marta 1901. godine. Ova priča o Kristijanu je vezana za dvije njegove slike.

Zmaj od Bosne – Husein-kapetan Gradaščević

Jedna od njegovih slika je portret Zmaja od Bosne – Husein-kapetana Gradaščevića (gore, na lijevoj strani), vjerovatno najčešće korištenoj ilustraciji te poznate ličnosti iz prošlosti Bosne i Hercegovine. Malo je poznato da je autor ove slike - Kristijan Kreković. Repliku tog portreta (gore, na desnoj strani) je početkom '30-tih godina prošlog vijeka Kristijan preslikao i u Malu Salu tadašnje Skupštine Kraljevine Jugoslavije u Beogradu. I danas ova slika krasi tu prostoriju, sada je to Mala plenarna sala Skupštine Republike Srbije.

Na dvanaest pandantifa, iznad jonskih stubova te prostorije, Kristijan Kreković je izveo šest ženskih i isto toliko muških portreta u nošnjama naroda tadašnje Jugoslavije. Tu se nalaze parovi iz Crne Gore, Bosne i Hercegovine, Srbije, Hrvatske, Slovenije i Makedonije.

Druga slika u ovoj priči je njegovo možda i najpoznatije djelo, "Egzodus dvadesetog stoljeća", vrlo snažne humane poruke. Njime je oslikao očaj i bespomoćnost izbjeglih osoba ali i svoju vlastitu sudbinu raseljene osobe nakon 1946.godine, radi čega više nikada nije posjetio Bosnu i Hercegovinu.

Kao druga i treća osoba sa desne strane, Kristijan je naslikao sebe i suprugu Parižanku, Zinu rođ. Pevzner.

Ova slika, velikih proporcija (širine preko 4 metra) se danas nalazi u Palma de Mallorci u galeriji s njegovim imenom. Nažalost, i u ovom, XXI stoljeću, ova slika je svojom porukom o egzodusu izbjeglica itekako aktuelna.

Priča druga: Mustafa, ljekar

Mustafa Mujbegović je rodjen u Tarevcima kod Modriče, 13. maja 1900. godine. Ova priča o Mustafi je vezana za jednu od njegovih akcija početkom drugog svjetskog rata, koju je izveo u saradnji sa još nekoliko ljekara od kojih su poznati:

dr Stanko Sielski, tadašnji direktor Zavoda za suzbijanje endemskog sifilisa u Banjaluci.

dr Ante Vuletić, tadašnji direktor Zavoda za kontrolu lijekova u Zagrebu, i

dr Miroslav Šlesinger, idejni tvorac akcije.

Mustafa je sa ovim ljekarima (i još nekolicinom drugih) organizovao akciju da se u Bosnu i Hercegovinu, posebno u Tuzlu, dovedu ljekari Jevreji. On je zajedno sa dr Šlesingerom izmislio da u je situacija s endemskim sifilisom u Bosni izmakla kontroli pa je ubijedio njemačku vojnu komandu da u Bosnu pošalje ljekare Jevreje iz Zagreba, kako sifilis ne bi ugrožavao njemačke, "arijevske" ljekare. Tako je dao priliku za spas i preživljavanje velikog broja Jevreja ljekara, kojima je u Zagrebu prijetila deportacija u koncentracione logore i sigurna smrt.

Doktror Vuletić se u ljeto 1941. godine u Zagrebu našao i sa samim Pavelićem. Objasnio mu je kako njegovom kolegi, dr Sielskom u Banja Luci nedostaje velik broj lekara. Na kraju ga je nagovorio da 169 jevrejskih ljekara, zajedno sa njihovim porodicama (sveukupno oko 500 osoba), preseli u Bosnu.

Prva grupa bila je otposlata već u junu 1941. godine, a u Tuzlu su ljekari stigli krajem avgusta. Mnogi istkanuti ljekari stigli su i u manja mesta – jedan od njih je bio dr Ladislav Lederer koji je stigao u Modriču...

Svjetski je poznata priča, po kojoj je snimljen i film, "Šindlerova lista" (Schindler's List). Iako podsjeća na tu priču, ova priča, koja bi se mogla nazvati i "Mustafina lista", do danas je ostala nažalost skoro nepoznata u Bosni, pa čak i u Modriči i Tarevcima.

Priča treća: Milenko, etnolog

Milenko S. Filipović nije rođen u Modriči, nego u Bosanskom Brodu, 8. novembra 1902. godine, ali je preko majke Emilije, rođene Modričanke, bio jako vezan za taj grad. U jednoj svojoj knjizi napisao je da je u Modriči proveo dobar dio svog djetinjstva a i kasnije, u gimnazijskim danima, često dolazio za vrijeme školskih raspusta.

Njegova snažna vezanost za Modriču je zasigurno bila i razlog da je Milenko o ovom gradu napisao dvije knjige ("Modriča", 1932. godine i "Modriča, nekad i sad", 1957. godine), etnološke studije o Modriči, njenom stanovništvu i običajima. Osim ove dvije knjige, Milenko se u još jednoj knjizi ("Prilozi etnološkom upoznavanju sjeveroistočne Bosne", 1969. godine) opširno bavio selima u blizini Modriče, u prvom dijelu o selima na Trebavi i Vučjaku, a u drugom dijelu o selima u Bosanskoj Posavini.

Ova priča o Milenku je zapravo njegova priča o centru grada, napisana 1932. godine u knjizi "Modriča":

"...Šić je prava sredina varoši: dio oko glavnog raskršća puteva za Gradačac, Doboj i Derventu i za Šamac. Oko tog rasrkšća, duž sva tri kraka, je čaršija. Nekada je na sredini tog raskršća bila lipa, pa je na tom mjestu Hadži Alibeg podigao kafanu koja stoji i sada kao samostalna zgrada na sredini raskršća.*

Hadži Alibegova kafana, oko 1931.godine

Preko puta od te zgrade (prema istoku) bio je tzv. Osmankapetanov han (Osmankapetan bio je otac poznatog Husein-kapetana Gradaščevića), građen kad i džamija. Han je bio vrlo veliki i dug oko 30 metara: sada su na toj dužini dućani, četrnaest ćepenaka. Po nekima, taj je han bio povod da se preseli čaršija ...

Šić, oko 1910.godine
u centru Hadži Alibegova kafana, desno dućani-ćepenci

Stara Čaršija (Eski Čarši Mahalesi) je odatle, ali sasvim odvojena, dalje prema sjeverozapadu. Počinje od mjesta Vignjova, pa se produžava oko Srednje Džamije i raskršća puteva za Doboj i Derventu. Između Šića i Stare Čaršije, ali izvan glavnog puta (pomjereno ka Bosni) je veliko muslimansko groblje ... Niko ne pamti, kad je čaršija odatle prenijeta na sadašnje mjesto. Onaj dio varoši koji se odatle pruža na sjever, prema mostu na Bosni, duž puta za Derventu zove se Islam-varoš...".

Epilog

Kristijan je umro u Palma de Mallorci 21.novembra 1985.godine.

U Palma de Mallorci osim galerije s njegovim imenom postoji i veliki park "Parc de Kristian Kreković".

U Tuzli je '90-tih godina prošlog vijeka jedna ulica nazvana njegovim imenom, a od 2007. godine u franjevačkom samostanu je otvorena "Galerija Kristijan Kreković". Počasni je građanin peruanskog grada Cuscoa, stare prijestonice Inka, a jedna ulica u ovom gradu nosi njegovo ime.

Mustafa je kao član Štaba Majevičkog partizanskog odreda ubijen od strane četnika, 20.februara 1942.godine u majevičkom selu Vukosavci.

U Tuzli je do prije nekoliko godina regionalni medicinski centar nosio njegovo ime.

U Modriči je do 1992.godine poljoprivredno dobro nosilo njegovo ime.

U selu Požarnica kod Tuzle je do 1992.godine osnovna škola u nosila njegovo ime.

Milenko je umro 22.aprila 1969. godine u Beogradu.

Pored mnogobrojnih naučnih radova, iza Milenka su ostale dvije knjige o ovom gradu: "Modriča", iz 1932. godine i "Modriča, nekad i sad", iz 1957. godine.

U MODRIČI NIJE NIKADA BILO NI ULICE, NI TRGA NI JAVNE USTANOVE SA IMENIMA SVJETSKI POZNATIH MODRIČANA: KRISTIJAN KREKOVIĆ, MUSTAFA MUJBEGOVIĆ I MILENKO FILIPOVIĆ.

NASTAVNICA MAJDA, MAJKA HAZIMA I SMEĐI DŽEMPER SA ZELENOM ŠTRAFTOM

piše: **Elvis Hadžić**

Nastavnica Majda je imala običaj da prozove učenika koji bi se „ponovio" i da ga pred cijelim razredom pohvali. Onomad su se džemperi češće pleli nego kupovali, pa se đaci nisu baš često ni „ponavljali". Tako je i Majidi, visokoj i mršavoj nastavnici maternjeg jezika (koja je posebno njegovala estetiku riječi, lijepu misao i kulturno ponašanje), novitet lako padao u uči. Elem, učenik bi na Majdin vokativ morao ustati i pred cijelim razredom ukratko „deklinirati" novi džemper. Naravno, nikom od nas nije bilo drago ustajati i objašnjavati porijeklo novog džempera. No, to je bio običaj koji se nije dao izbjeći: zima je, hladno je, briga tvoju staru što ćeš se ti crveniti pred cijelim razredom, djeca rastu brže nego što se džemperi pletu — drugog ti nema, imaš novi džemper, ustani da te vidimo!

Iskreno, mrzio sam te „fine i solidarne" rituale naše razredne pa sam duboko u noć razmišljao kako i na koji način bi izbjegao blamiranje. Pogotovo nakon što je moja majka Hazima isporila dajdžin stari džemper i našla neđe kolut zelene da štraftom ukrasi i ubaci malo akcije u pravo-krivo bod smeđe boje. Bio je to najružniji džemper na svijetu! Taj džemper je bio toliko ružan da se i dan danas sjećam muke s kojom sam ga oblačio. Majka Hazima bila je totalno operisana od svake vizuelne estetike. Ona đe šta vidi i čega se dograbi, to uzme i pretvori u nešto: „Ovo vune je taman djedu za priglavke, malo ću prošarat' s crvenom što mi je Nazifojca donijela na bajram, od toga šta ostane mogu metnut Esmi u pulover, Elvisu treba džemper, isporiću Mićin onaj što mi stoji tamo, imam malo zelene u vitrini..." I to je to — tako je moja majka sklapala svojih ruku djela: po potrebi i nakani. Vizuelno je bilo usput.

E, i ja sam ti sad sa takvim džemperom, načinjen najjednostavnijim bodom na svijetu, isporenim i rehabilitovanim, tamno-smeđe boje i sa dva-tri reda vodoravnom zelenom štraftom preko grudi, morao ustati i pohvaliti se pred svima! Jao, blamaže, unutrašnji vokativu moj! Kad nisam u zemlju propao!

— O, Elvisu, pa ti si se ponovio! Hajde, ustani da te svi vidimo!

I ustanemo moj džemper i ja, a ne zna se ko bi se od koga prije sakrio...

— Majka plela, baka? — razredna ponavlja za mnom. — Predivno, predivno!

Djeca se smijulje, ja sjedam, i sve nešto kontam možda džemper i nije toliko ružan koliko sam ja mislio... Onako kako mi ga je nena Hazima isplela tako sam ga i ja nosio — strogo po potrebi. I nisam nikako sebi mogao objasniti žal za tim džemperom kada mi je ustrebao jedne prohladne noći za kamuflaže. Išli smo krasti trešnje u Srpskoj varoši. Rub džempera mi se pri bijegu nabio na šiljastu ogradu, jedva sam se izmigoljio pred srditim domaćinom. A na džemperu je ostala rupa kojoj nije bilo zakrpe, porila se pred mojim očima. Jebo trešnje, šta ću reći materi?

A stara je samo rekla:

— Mog'o si ga nosit bar još godinu...

Forsirala je nas Majida u mnogim stvarima koje mi nikako nisu išle na buntovničku dušu. Šta će nama, mislio sam, takve budalaštine? Koga, bolan, briga za moj rehabilitovani džemper?

No, osim „džemperisanja", Majida je imala još jednu slabost: cvijeće. O, kako mi je samo to išlo na živce! Imala je Majida običaj da đacima priča, sa nekom neobjašnjivom sjetom i pretjeranom romantikom, kako su je bivši učenici iznenadili tog dana sa cvijećem. A za takve prilike, ona je iz ko zna koje ruske novele iščeprkala „predivnu" i prikladnu misao: „Od cvijeća cvijeće cvijeću!" Na ovu romantičnu budalaštinu, po mom pubertetskom shvatanju, ženske u razredu su odlijepile sve do jedne. Pa čak i pokoji dječak. E, taj je poslije najeb'o. Čuj, „od cvijeća cvijeće cvijeću!" Mada, priznajem, svi do jednog smo se dobro zamislili nad tom poetikom: tri iste riječi, zaredom, i sve imaju drugačije značenje! Deklinacija do jaja! Kad skontaš, ima logike. Jest da je bezveze, ali ima logike! A joj, moje muke u stomaku kad su joj se počeli redati sa cvijećem. I svako je morao reći: „Od cvijeća cvijeće cvijeću!" Da ti se želudac u stomaku prevrne od romantike! Meni, bogami, takva glupost nije padala na pamet. Šta, da ja njoj idem tamo pred cijelim razredom k'o posljednji štreber i da joj dajem cvijeće! Nema pojma. I još joj moram reći ono, jer ona napomene, iščika iz tebe to: „Od cvijeća cvijeće cvijeću!" Jašta ću. To ispadne da sam ja, fol, cvijeće i da je ona, fol, cvijeće, a jedino cvijeće je ustvari cvijeće, i ništa više. Nema pojma. E, kako su mi išli oni uvlakači na živce sa tim „cvijeće cvijeću" da mi i dan-danas padne ta ruska izreka na pamet svaki put kad vidim cvijeće!

I onda se rastužim. I raznježim se. I sve nešto hoće da mi bude... Jebem ti cvijeće! Sjetim se i razredne Majde i majke Hazime i isporenog džempera dajdže Miće, sjetim se trešanja... Pitam se, koja bi to budala trčala za djecom što ti kradu trešnje? Pitam se ko sam, šta sam, dekliniram samog sebe, volio bih onaj Hazimin džemper da sad imam pa da ga uokvirim kao što djeca uokviruju dresove svojih junaka. Volio bih da mogu da se vratim nazad, kao čovjek, i da svojoj nastavnici pružim buket cvijeća i da joj od srca kažem:

„Od cvijeća cvijeće cvijeću!"

I da joj kažem, sad shvatam, Vi ste, nastavnice, imali isti zadatak kao i majka Hazima: da nas utoplite, da nas počastite, da nas ljudima napravite. I zbog Vas - moj sin sada trči svojoj majci sa svakim maslačkom kojeg ugleda...

*Nastavnica Majida Despotović, druga slijeva na slici,
i dio nastavnog osoblja osnovne škole Sutjeska:
Emira Grbić, Zahida Zečić, pokojni Borko Delić i pokojna Ksenija Grbić*

JEDNO ZIMSKO VEČE U KUĆI DJEDA RADE I BAKE MILEVKE
(vremeplov)

piše **Nenad Bogdanović Panky**

Decembar. Sredina osamdesetih. Praznici za Dan Republike tek su minuli. U vazduhu miriše snijeg koji samo što ne padne. Čuvena modrička magla, gusta kao tijesto, poklopila je grad. Prelazim kanal i grabim prečicom ka djedovoj i bakinoj staroj kući. Iz svih dimnjaka kulja dim, svi lože i sve je malo ugljen-dioksično, ali opet nekako drago i spokojno.

Prolazim kraj nove sportske hale, pa pored stadiona FK Modriča, pa lijevo preko kanala iza Vatrogasnog doma, kraj kuće Vlade Bundala... i lijevo u moju ulicu... Ljube Devića 11... baš kao što pjeva Balašević *"tih dvesta šest koraka, dužinu tog sokaka, nikad ja nisam brojao..."*. Ulica je "udarala" na malu, trošnu Kehanovu kuću pored koje se nalazila osnovna škola "Sutjeska" (bivša školska zgrada gimnazije, stari montažni objekat iz doba soc-realizma).

Posljednji školski čas odbrane i zaštite bio je predug i pomalo dosadan. Najzanimljiviji dio časa bio je kad me profesor Redžo Buban pitao da li je Ruma moj stric. Ja mu potvrđujem. On se obradova i nastavi:

Pozdravi mi, veli, starog druga iz gimnazije!

Hoću, profesore.

Nego, kako tebe zovu ovdje u čaršiji?
Čuo sam da imaš neki strani nadimak?"

Zovu me Panki, profesore.

Hm... Panki... svašta...

Na kraju časa, kad smo napuštali kabinet, Redžo me zadrža i reče skroz tiho, da ne čuju drugi učenici:

Eeee, dijete drago, šta smo tvoj stric Ruma i ja popili...
Mogla bi poteć' još jedna rijeka Bosna...

Ja se ne dadoh zbuniti:

I neka ste, profesore, svi dobri ljudi vole popit'...

Mudro zboriš, dijete...

Mrak je svemu davao neku svečanu crtu, a komšije sam pozdravljao, Marijevog djeda Muhameda na njegovom čuvenom tomos-automatik 3 motoriću... pa komšiju Šimu, učitelja, pa čika-Mirka Lazića, Bobinog i Dankovog tatu, teta-Ginu, čika-Stoleta milicionera... volio je stajati na kapiji i pušiti svoj cigar koji je svijetlio još s početka ulice kao svitac za toplih ljetnjih noći. Prije djedove kuće javio bih se komšiji Živku i njegovoj ženi, teta-Dragici, djedu Niki, pa najdražim komšijama teta-Mari i čika-Anđelku Šoljiću, čuvenom modričkom auto-mehaničaru koji je majstorisao u garaži do kasnih večernjih sati. Do djedove kuće je bio komšija Bernard Senjak i žena mu Janja, dalje Jure Adžamić itd... na kraju ulice Josipovići, čika-Anto i teta-Kata i njihovo petoro djece... Josip, Marko, Šimica, Marica i Ana...

Popeh se na verandu i izuh patike, ulazim u predsoblje sa velikim čivilukom iza vrata na koga je moglo stati sto kaputa. Na zidu slika u drvetu - stari sat u Herceg-Novom... desno kupatilo, pravo dvije sobe, dnevna i spavaća, a moglo je i obrnuto, sve u zavisnosti koliko gostiju ili rodbine dođe... a lijevo - centar svijeta: mala kuhinja sa starim šporetom na drva, čuvenim "smederevcem", stara sećija, pored nje sto i četiri stolice, i do šporeta višenamjenski drveni sanduk u koga se mogla staviti potpala za šporet, a moglo se u njega svašta i sakriti. Odozgo je imao poklopac, baka je preko stavila jedno tanko, mekano jastuče i to je bilo mjesto oko koga se uvijek otimalo. Čak je i mačak zvani Džings volio tu zadrijemati i bunio se kad bi ga neko gurnuo rukom malo u stranu i sjeo na "njegovo mjesto".

Na šporetu se krčkala popara, a pored nje baka je pekla uštipke.

Jesi li gladan, sine?

Djed Rade bi odgovarao umjesto mene:

Bog s tobom, Milevka, kako neće biti gladan... čitav dan u školi...

De ti, djedov, sjedi i opričaj svom deki šta ste vi danas učili u školi".

Ja bih im pričao malo o gradivu, a malo i o anegdotama i "provalama" mene i mojih drugara i drugarica iz razreda. Oni su upijali svaku riječ i svemu se slatko smijali, a meni je to bilo toliko drago i važno. To je bio neki naš ritual, a oni su iz moje priče znali i Mirka Mikulića iz Kužnjače, i Jerka Krištića, i Amira Sarvana Kockicu, Maru i Veru iz Pećnika, Vladu Pranjića, Mirsada i Amira Mujkića, Antu Čolića, Dragana Kojića, Jozu Rokića, Adnana Sejdića, Matu i Zdenka Bičvića, Milorada Simića, Dragicu, Nadu, Ljubicu...

Smijali su se do suza kad sam im rekao da sam svim djevojkama iz razreda dao i strana imena: Ljubica je bila Linda, Mara Mery... a ostale nadimke sam zaboravio. Pričao sam im o našem razrednom, profesoru srpskohrvatskog, Ramizu Salihoviću, pa kasnije o profesoru Đoki Marjanoviću, o čuvenom profesoru njemačkog po imenu Alija Curo (koji nije bio baš sav svoj, što smo mi obilato iskorištavali iskačući kroz prozor čak i za vrijeme časa), profesoru istorije Blagoju, profesorici geografije Zlatici, profesoru matematike Hazimu, kasnije Franji Šeriću... svako od njih je bio poseban na svoj način i o svakom pojedinačno bih mogao napisati priču.

Bakini uštipci i popara već su bili servirani na stolu, a djed bi opominjao: "Milevka, ubij i koje jaje, vidis da je mršav k'o grana, samo na cure i gitaru misli...". Baka bi dodala i jaja, a bogami nasjekla bi i malo kobasice da bude bas kalorično za "umornog, mrsavog unuka", njihovog mezimca Nenada. Slatko sam jeo, a djed bi uzeo svoju harmoniku i rastegao neku dobru sevdalinku.

Mala kuhinja, puna mirisa domaćeg jela i drva koja su pucketala u peći, odzvanja pjesmom:

> Niz polje idu, babo, sejmeni...
> sejmenske pjesme, babo, pjevaju...
> prokleti nek su, babo, sejmeni,
> što tvoga sina Marka tjeraju...

Poslije nje bi išla: "Zvijezda tjera mjeseca" i na kraju obavezno bakina omiljena: "Kad ja pođoh na Bembašu". I baka je znala zapjevati s djedom, bilo ih je milina slušati jer su oboje bili izuzetni sluhisti i imali su osjećaj za dobru pjesmu.

Ja bih se ispružio na veliku, staru sećiju iza djeda i slušao kako svira. Baka je raskrčivala ostatke jela, prala polako suđe i slagala u stari kredenac na koga je moj rođak Predrag iz Beograda nalijepio naljepnicu "Optima-Modriča". Poslije mini-koncerta djed Rade bi prelazio u sobu da gleda dnevnik, a ja bih ostajao s bakom u kuhinjici. Ona je nesto plela ili bi čitala knjigu, a ja bih na radiju tražio neku dobru stanicu sa koje su dopirali zvuci dobrog domaćeg rokenrola. Nađoh neku baš dobru koja je puštala novi talas, Pankrte, Pekinšku patku, Električni orgazam, Partibrejkerse... sav oduševljen pitam baku da li joj se sviđa muzika. Njen odgovor:

> Meni je to, sine, k'o kad se mačke pare u februaru pa samo kreče i mjauču... sačuvaj bože i zakloni...

Ja bih se slatko nasmijao njenom slikovitom poredjenju i poljubio je u obraz pun bora. Njen osmijeh u tom momentu - neprocjenjiv!

Poslije svi prelazimo u dnevnu sobu i gledamo od 8 neku domaću seriju, a bilo ih je, hvala bogu, baš dosta i dobrih i kvalitetnih... i dan danas ih repriziraju. Ako ne bih izlazio u grad - zavlačio bih se u svoj krevet (imao sam "svoju sobu" i to tu gdje je bio televizor, djed je spavao u susjednoj, a baka je voljela da zaspi na seciji u kuhinjici. Tako je svako imao svoj mir i totalni odmor).

Prije spavanja na gramofon stavljam LP-ploču i tako polako tonem u san... Bijelo dugme, Prljavo kazaliste, Zabranjeno pušenje, Azra... pratili su me u carstvo snova.

Anđelkov pas Miki bi povremeno zalajao dok i njega ne bi savladao umor...

Decembar osamdeset i neke... ljudi srećni i spokojni, komšije prave komšije... ja pun ideja i planova, kreativan, svoj... sa gramofona dopire:

> uvijek sam želio biti heroj...
> bar jedan dan, djevojko,
> bar jedan sat...
> da je neko drugo vrijeme...
> ja bih bio Romeo, a ti Julijet...

Laku noć, bako, laku noć djede, laku noć, Modričo, grade moj mali, pun dobrih ljudi, genijalaca, sanjara, radnika... pun ljubavi...

Rijeka Bosna je žurila da se stopi sa Savom kod Šamca, Sava je grabila da poljubi Dunav ispod kalemegdanske tvrđave, a Dunav, začet u Švarcvaldu, moćno je nosio talase ka Crnom moru... Bila je privilegija odrastati u mom gradu, okružen najdražima, okružen pažnjom i ljubavlju... Hvala im na svemu.

Volim vas najviše...

Vaš umorni, više ne baš toliko mršavi, unuk Nenad.

"HEJ, GRBAVICE, RANO LJUTA!"

piše: **Amir Sarvan**

Pjesma "**Grbavica**" i njeni početni stihovi iz naslova ove priče su mnogima poznati. Ova priča govori o toj pjesmi, o istoimenom naselju u Sarajevu, o Želji, o Tifi i o jednom razredu bivših modričkih srednjoškolaca.

Grbavica je dio Sarajeva a ime je dobila po Mehmedu-begu Mehmedpašiću koji je bio tzv. "zaim" i član ugledne porodice iz Grbave koja je Sarajevo nastanila početkom 18. stoljeća. Mehmed-beg umro je 1746. u svom domu, na polju kraj Sarajeva. Polje je po Mehmedu-begu Grbavici prvo prozvano Grbavičko polje a kasnije samo kratko - Grbavica.

Kao stambeno naselje Grbavica je počela da se gradi 1948. godine, a već sljedeće godine počeli su radovi i na stadionu koji su pokrenuli članovi Radničkog sportskog društva Željezničar i trajali su četiri godine. Fudbalski klub Željezničar na svojoj Grbavici utakmice igra od 13. septembra 1953. Toga dana je na ovom stadionu Željo slavio svoju prvu pobjedu, pobijedivši Šibenik u utakmici Druge lige Zapad, s rezultatom 4:1.

Imao je Željo velikih uspjeha u svojoj istoriji, bio je i prvak Jugoslavije 1972. i finalista Kupa Maršala Tita, 1981.godine ali vjerovatno nikad u svojoj istoriji nije imao takvu ekipu i takvog trenera kao te 1985.godine. Radnja ove priče se većim dijelom odigrava upravo te godine

Dakle, '85-ta je godina prošlog stoljeća. Puno toga zanimljivog se te godine u svijetu a i kod nas izdešavalo:

Luis Hamilton jos nije naučio ni hodati a Ayrton Senna je već osvojio svoju prvu utrku u Formuli 1. Ni Cristiano Ronaldo dos Santos Aveiro još nije prohodao a Dražen Petrović je već ubacivao i po 112 poena protiv "Zmajčeka" iz Olimpije. Na vlast u SSSR je došao Mihail Gorbačov a sa vlasti u Albaniji (i sa ovoga svijeta) je otišao Enver Hodža. Registrovana je prva internet stranica Symbolics.com a Microsoft je lansirao svoj prvi Windows 1.0. Prince je primio Oscar za soundtrack filma "Purple Rain" a Emir Kusturica od lijepljenja tapeta u svom sarajevskom stanu nije imao vremena da ode u Caen da preuzme "Zlatnu palmu" kao nagradu za film "Otac na službenom putu"

Još puno toga važnog se u svijetu dešavalo te 1985.godine.

U Modriči je recimo "Hrast" iz Čakovca otvorio "Salon namještaja", u Gornjim Riječanima je otvoren Sportsko-rekreativni centar, Modrički Lug je dobio vodovod a moj razred, druga generacija nečega što se po Šuvarovom sistemu usmjerenog obraovanja zvalo "elektroničari-tehničari za računsku tehniku i automatiku" imalo je samo jedno u mislima:

"Kako otići na uzvratnu utakmicu polufinala Kupa Uefa, Željo – Videoton".

Prvu utakmicu u mađarskom gradiću čudnog imena Sekeš-feher-nešto... je Željo izgubio 3:1 ali valjda niko ko se imalo razumio u fudbal nije sumnjao da će Željo to bez problema da nadoknadi na svojoj Grbavici i tako se plasira u finale. U drugom polufinalu su igrali Inter i čuveni Real Madrid, a Željo i Inter već su dogovarali gdje će koji tim biti smješten na dan finalne utakmice Kupa Uefe. Malo je Inter još strahovao od Reala ali Željo je znao da njegov prolaz u finale nije upitan.

Dvojac – Mirsad Mujkić Rođo, "željovac" i njegov drug iz iste, treće klupe do vrata, "zvjezdaš", Nenad Bogdanović Panky su uveliko razrađivali "taktiku". Plan je bio sljedeći: razredniku Đoki Marjanoviću i direktoru škole Milenku Popoviću "prodati" priču kako mi više nego išta na svijetu želimo napraviti jednu stručnu ekskurziju u Sarajevu, da bismo se "stručno usavršili i stekli nova znanja". Kao datum putovanja je "slučajno" odabrana srijeda 24.april, baš isti dan kada se uveče igra utakmica. Koja srećna slučajnost ☺. Kao pratnja bi nam "poslužio" predavač stručnih predmeta, inžinjer iz Banjaluke na privremenom radu u srednjoj školi u Modriči, Ibrulj Sejfudin.

Za ne povjerovati – odobre oni nama tu ekskurziju u Sarajevo. Da li su nam povjerovali u našu "žeđ za znanjem" ili su skontali da bismo mi mogli " đuture zbrisati" taj dan iz škole i sami otputovati za Sarajevo ako ne pristanu na naše prijedloge, to nikad nećemo saznati. Ali to sada više nije ni važno.

Prva bitka u operaciji "Grbavica" je bila dobijena. Druga važna bitka, i po svemu odlučujuća, bila je "Kako doći do ulaznica za utakmicu?". U Sarajevu sam imao rodbine, pa predložim razredu da tu zadaću pokušam riješiti tako što ću nekoga od mojih u Sarajevu zamoliti da nam kupi ulaznice. Moj izbor padne na dajdžu Ibru koji je bio "strateški" idealno pozicioniran u Sarajevu, u Lenjinovoj ulici, samo par stotina metara udaljen od Željinog stadiona.

Moj dajdža, Ibro Garbo, je bio rodom iz Višića, malog sela na lijevoj obali Neretve, na samom jugu Hercegovine. Kao 17-godišnjak, usred II svjetskog rata, bio je prisilno mobilisan u domobrane i poslat na vojnu obuku u Travnik. Par dana nakon što je došao u kasarnu u Travnik, grad napadnu partizani i dajdža Ibro ode sa njima kao borac Osme krajiške brigade Pete krajiške, udarne divizije u sastavu Prvog bosanskog korpusa NOVJ. Iz rata je izašao kao potporučnik i do 1968.godine je napredovao do čina majora artiljerije. Prvom prilikom, kada je 1968.godine u svojoj 42-godini života ispunio pravila JNA za prijevremeno penzinisanje, moj ti se dajdža Ibro penzioniše. Nit' mlađeg penzionera, nit' bolje prilike za moj razred da nam neko kupi ulaznice.

Nazovem ja mog dajdžu i objasnim mu: "Dajdža, tak'a i tak'a stvar. Hoćeš? – hoću!"

Kasnije ispriča meni dajdža kako je to prošlo:

Ode ti moj dajdža početkom aprila, kada su se počele prodavati ulaznice za utakmicu, da kupi svom sestriću (to k'o biva meni) i njegovim elektroničarima iz provincije ulaznice za utakmicu u velikom gradu. Naćeka se on u redu poprilično, gdje neće – svi hoće da gledaju "utakmicu stoljeća". Nakon sat-dva čekanja u redu, dođe dajdža pred šalter.

"Dobar dan – dobar dan!"

"Htio bih kupiti 31 (trideset i jednu ulaznicu).", moj će ti dajdža.

"?" – tajac s druge strane šaltera.

"Htio bih kupiti 31 (trideset i jednu ulaznicu).", još jednom će njemu dajdža.

Sad će ti njemu prodavac iz "šube": "A, hoćeš li možda i dvije velike porcije ćevapa da ti zamotam?"

"?" – tajac se sad prebacio na dajdžinu stranu šaltera.

"Sram da te bude! Ozbiljan si čovjek, skockan a 'vamo preprodaješ karte! Sram da te bude!", izgalami se prodavac karata na mog dajdžu.

Stvarno, moj dajdža je uvijek bio "skockan" – odijelo, kravata, ispeglan, dotjeran...

"Ali druže...", pokuša dajdža da objasni.

"Nemoj ti meni druže! Ja se ne družim s tak'im k'o ti!", dreknu prodavac.

"Ali druže, da vam objasnim...", pokuša dajdža još jednom.

"Nemaš ti šta objašnjavati – znam ja tak'e!" – ne popušta druga strana šaltera.

Zadnje što je dajdža iz šaltera čuo, prije nego su ga nestrpljivi "čekači" izgurali iz reda je bilo: "Ne možeš sad dobiti ni jednu a ne trideset i jednu kartu!".

E, sad "pukne film" mom dajdži. Em je izružen pred rajom na pravdi boga, em nije dobio ulaznice a sestrić i njegovi drugovi sve nade polažu u njega, em ... Ode ti dajdža u stan, ljut k'o ris. Dajdžinca Ajša ga htjedne upitati šta je bilo ali odustane čim ga je vidjela kakav je. On samo izvadi iz ormara uvijek čistu i ispeglanu uniformu, sve sa činom majora i "kamaru" ordenja na njoj. Obuče uniformu, strojevim korakom ode ponovo do stadiona, i ne čekajući na red – odmah pred isti šalter i "izbroji" prodavcu:

"Magarac jedan! Nisam ti se ja prije 40 godina" (baš se nekako tih dana potrefila godišnjica oslobađanja Sarajeva) "po ovim brdima" (i tu mu pokaže Koševo s jedne i Vrace s druge strane) "maris'o sa Švabama da me ti danas marškaš. Trideset i jednu ulaznicu ovamo! Je si l' razumio!"

Šokirani prodavac kao po komandi izbroji u stavu mirno 31 ulaznicu, dajdža njemu izbroji pare za ulaznice i odmaršira kući.

Normalno, mi u Modriči pojma nismo imali šta se u Sarajevu dešavalo. Mi smo tih zadnjih dana pred utakmicu bili jedino zaokupljeni time da planiramo kako ćemo se provesti u Sarajevu i da "zarijevamo" raju kako će imati od nas mahanje sa stadiona tokom utakmice.

Dođe i taj dan, srijeda 24.april 1985.

Rano ujutro, vozom Beogradom-Kardeljevo stignemo mi u Sarajevu. Stručni dio ekskurzije "odradimo" – ne znam više ni gdje smo bili ni šta smo čuli i vidjeli. Mislim da smo išli u ERC (Energoinvestov računski centar) u Nedžarićima, ali to ni tada nije bilo bitno, a danas pogotovo ne. Vrijeme do predveče smo nekako potrošili. Neko na Vrelo Bosne a neko na Baščaršiju – na pače kod Hadžibajrića, ili na pitu kod Sarajlića. Nismo dali da nam prođe taj dan u životu, a da ne osjetimo svu tu ljepotu...

Ako vam ove riječi zvuče kao stihovi iz neke pjesme, znajte da ste u pravu - kasnije je za nas čuo i taj naš dan u Sarajevu opjevao neki sarajevski muzičar, mislim da se zove Merlin ili tako nekako...

Ipak, nešto najljepše je tek trebalo da se desi – utakmica.

Stadion Grbavica je tada bila prilično drugačija nego danas. Najvatreniji navijači su bili i tada na jugu pod samim brdom, istok nije bio ni blizu tako modernog izdanja kao danas a sjevera te godine još nije ni bilo (tek se počeo graditi). Najveća razlika u odnosu na današnji izgled je imao zapad, drvena tribina, tada popularno zvana "Penzija" ili "Baraka". Zapravo je to bila glavna tribina, gdje su sjedile klupske, gradske i političke "glavešine" koje dođu dvije-tri minute prije početka utakmice i koji nikad ne skaču sa svojih sjedišta na svaku iole izglednju priliku za gol. Zato su ih navijači sa istoka i naročito sa juga podsmješljivo zvali "Penzija". Navijači na jugu i istoku nisu morali ni ustajati jer nisu ni imali stolica na tim tribinama – tamo su bila samo mjesta za stojanje.

Nakon što sam preuzeo ulaznice od dajdže Ibre i nakon što me dajdžinca Ajša "nahranila i napojila" mogao sam na stadion. Pred stadionom sam podijelio ulaznice mojima iz razreda - Grbavice, modrički elektroničari ti dolaze!

Rasporedili smo se većinom na istok, zbog boljeg pogleda na teren, a Rođo i Panky su, normalno, otišli među najvatrenije navijače na jug. Panky se i danas sjeća da se prije samog početka utakmice ispred južne tribine prošetao popularni Halid Bešlić (tada još jako mlad pjevač), Jug ga je burno pozdravio, a Željin kapiten Meša Baždarević je prekinuo zagrijavanje i dotrčao do Halida, pozdrav i zagrljaj, a onda momenat za istoriju: Halid se okreće ka Jugu, stišava navijače i kreće pjesmu "Mehmeda majka budila, budila... ustani sine Mehmede"... Čitava tribina je horski podržala Halida, a Mehmed Meša Baždarević je još jednom dotrčao i dirnut do suza pozdravio Halida i navijače... Bili su Rođo i Panky tu negdje na četvrtom, petom stepeniku betonske tribine Juga i sve dobro vidjeli i čuli.

Utakmica je bila onakva kakva je bila. Željo je počeo uraganski – Bahtić je dao prvi gol odmah na početku, možda u petoj minuti i onda se samo čekao još taj drugi gol da bi se mogao slaviti prolaz u finale. Imao sam utisak da su te večeri Ćurić i Škoro su promašili jedno dvadeset onih stopostotnih šansi za gol prije nego je Ćurić kao na bilijaru uspio da konačno da taj drugi gol za Želju. I poslije tog gola je Željo imao još nekoliko šansi, pa sam bio siguran da će do kraja bar još jedan da padne i da sa 3 ili 4:0 završi utakmica. Polako sam se pomicao prema izlazu sa stadiona, tamo gdje danas počinju sjeverne tribine. Mislio sam biće gužva kad završi utakmica, pa da ne zakasnim na onaj zadnji noćni brzi za Modriču, te sam htio da budem što bliže izlazu sa stadiona kad sudija odsvira kraj utakmice. Kraj mene su prolazili mađarski navijači, tužni i ubijeđeni da je sve gotovo, tj. da se Željo plasirao za finale.

I onda muk na stadionu! Ovi Mađari što su već izašli sa stadiona skontali su da se nešto dešava, vratili se na stadion i počeli vrištati kad su vidjeli rezultat na semaforu. Drugu sliku koju pamtim, je ona sa "Švabom" Osimom kako čupa sebi kosu a vjerovatno je ta slika još mnogima i od vas ostala u sjećanju...

Na izlazu sa stadiona sam prošao pored uplakanih redara i milicionera (hej, milicioneri su plakali!), ljudi su išli Zagrebačkom, Lenjinovom i ličili su baš ono što se kaže na kolone živih mrtvaca. Od Titove smrti, Sarajevo a i čitava Bosna i Hercegovina nije doživjela tužniju noć.

Željezničar je te noći igrao u sastavu:

Škrba, Berjan, Baljić, Šabanadžović, Čapljić, Komšić, Bahtić, Škoro, Ćurić (Čilić), Baždarević i Samardžija.

Od igrača Videotona se sjećam samo desnog beka – zvao se Csuhay.

Za Želju te večeri nije igrao "naš" Nikola Nikić Krba, jer je par mjeseci prije utakmice prešao u neki grčki klub. I danas kada pitate nekog starijeg Željinog navijača reći će vam da bi Željo sa Krbom ne samo "k'o od šale" prošao Videoton nego u finalu sigurno pobijedio Real i osvojio Kup UEFA.

Ne znam kada i kako smo se vratili u Modriču te noći ili sljedećeg jutra. Niti znam šta smo i da li smo nešto pričali o utakmici tih dana. To je valjda ono stanje kada kažu da si "k'o otrovan". Preživjeli smo nekako...

A preživjeli smo i taj treći razred.

Početak sljedeće školske godine, te iste 1985., kada smo bili već najstariji, četvrti razred u školi, obilježio je koncert koji se tih dana održao u Modriči, u Sportskoj dvorani, popularno zvanoj "Hala". Prvo "a" u riječi "Hala" se izgovara kratko, jer ako ga produžite na više od pola sekude onda se radi o jednom drugom objektu, sasvim drugačije namjene.

Na koncert u Halu su došli Bebek i Tifa, bivši pjevači grupe "Bijelo Dugme". Tifa se zapravo zove Mladen Vojičić ali ga od njegove četvrte godine svi znaju samo pod tim nadimom. Nadimak Tifa je dobio od lokomo**tifa** (kao četverogodišnjak nije još mogao izgovarati glas "v" nego je govorio "f").

Popodne uoči koncerta, kada smo se nakon zadnjeg časa vraćali kući, prolazeći kraj "Hale", primijetimo da iz kafane kod ulaza izlazi Tifa. Panky prvi, pa Rođo drugi i onda nas desetak iza njih dvojice krenemo u "hvatanje" Tife. Panky i Rođo kao da su znali, ruke u jakne, izvade svoje đačke knjižice i traže od Tife autogram. Gleda Tifa u one knjižice, pa u njih, pa opet u knjižice: "Gdje da se potpišem?".

A ova dvojica, skoro uglas: "Pa tu gdje stoji roditelj/staratelj!". I potpiše se njima Tifa, sve glavom vrteći lijevo-desno, lijevo-desno...

Koncert je bio ono... "za pamćenje"! Bebek je taman bio friško izdao svoj album "Armija B", a Tifa je taman friško dobio otkaz u firmi "Brega d.j.l.", pa su i Bebek i Tifa valjda htjeli pokazati ko su i šta su i šta mogu. Hit "Široko nam toplo polje Glamočko" su te večeri otpjevali mislim tri puta, a nama se tih dana i mjeseci zaista činilo da su nam sva polja i široka i topla i samo za nas stvorena.

Život je međutim postajao ozbiljniji.

S proljeća je fudbalska ekipa razreda izgubila finale školskog prvenstva u fudbalu iako je imala najbrojniju i najvjerniju publiku tokom prventstva. Navijači "Cosmosa" (kako smo prozvali našu ekipu) ne samo da je kompletno napuštala nastavu i pjevajući odlazila iz škole u Halu da bodri ekipu, nego su se na utakmice nosile i zastave . Po uzoru na brazilsku zastavu, na zastavi Cosmosa je bila neka planeta sa zvjezdicama oko planete i fudbalskom loptom u sredini. Panky je napravio i navijačku pjesmu tako da se Hala orila od navijanja Cosmosovih navijača i 6 navijačica (toliko smo imali djevojaka u razredu). Ništa nije pomoglo – u finalu smo izgubili od ekipe automehaničara u kojoj su igrali profesionalci kao Harda, Aco, Omer Babin i drugi...

Zastava Cosmosa je na kraju završila i na panou sa našim maturskim fotografijama. Umjetničku obradu, vrlo rado i besplatno nam je uradio profesor Momčilo Momo Aćimović. Hvala mu!

Onda je postalo još ozbiljnije – matura.

Na maturi je nažalost nekoliko elektroničara ostalo bez mature, a koliki je to paradox pokazao je jedan od njih koji od nas 36 jedini još radi kao elektroničar za automatiku. Svi mi ostali iz razreda, a tu je i 4-5 inžinjera, smo se prije ili kasnije preusmjerili na neko drugo zanimanje, a eto jedan od nas koji nije dobio matursko svjedočanstvo još uvijek radi "svoj" posao. I to preko 20 godina!

Najozbiljniji događaj tih mjeseci je ipak bila regrutacija. Prvo smo išli u Sarajevo, u kasarnu Maršalka (tamo gdje je danas američka ambasada) pa smo onda par sedmica nakon toga pozvani u vojni odsjek da nam saopšte u koji rod vojske i u koju kasarnu smo raspoređeni. Ta prozivka-lutrija se održavala iza zgrade Opštine, tamo gdje je nekad bio parking i ulaz u vojni odsjek. Mislim da su iz vojnog odsjeka izašli Mirso Bahić i Mrki Mešanović, pa je počela prozivka i naše "navijanje": recimo, oni prozovu "taj i taj", kasarna Štip, a mi onda počnemo tješiti "regruta", ili "taj i taj", kasarna Osijek, a mi onda počnemo vikati na "regruta": "uaa, štela!"...

Nakon što su svi isprozivani i dobili nove adrese, otišli smo "grupno" u MD da sve to "zalijemo".

U junu su prva dvojica, Rođo i Pavo, otišli u vojsku. Mi smo još uživali to ljeto 1986te a onda je bilo kao u onoj pjesmi:

...prođe avgust srećo moja – vrijeme da se rastane bilo je izgleda previše lijepo – da nam tako ostane

Septembar '86-te je bio definitivan rastanak. Nažalost i za grupu Crvena Jabuka koja nam je to ljeto pjevala stihove o avgustu i rastanku. Dok smo mi putovali u kasarne koje će nam sljedećih

12 mjeseci biti nove adrese, Aljoša Buha (bubnjar) i Dražen Ričl Zijo (pjevač) su putujući na koncert u Mostaru, malo poviš' Jablanice imali saobraćajnu nesreću. Aljoša je na mjestu ostao mrtav a ljekari u mostarskoj bolnici su se borili za Zijin život.

Mene su "smjestili" u kasarnu Banjica u Beogradu. U vodu "raketaša" su bili: Krajišnik - Dragan iz Sanskog Mosta, Hercegovac - Tin iz Mostara i ja - Posavljak iz Modriče. Ubacili sam nam još jednog Bosanca, Matu iz Srednje Bosne, iz sela Nova Bila. Više Bosne i Hercegovine "u malom" nisu mogli napraviti. I dok smo tih dana na jutarnjoj fiskulturi pravili sedmu vježbu "gušterov let", Tini i ja smo zagledali preko puta u prozore obližnje bolnice VMA (Vojnomedicinska akademija) gdje su dovezli Ziju i nagađali koji je prozor njegove sobe. Bili smo uvjereni da će u toj bolnici sigurno spasiti Ziju i dogovarali se da ga obavezno posjetimo, čim se malo oporavi. Ziji nažalost nije bilo više spasa. Početkom oktobra 1986. je otišao da pjeva anđelima (ili da ih zasmijava).

U Beogradu sam te i sljedeće, 1987.godine imao priliku da pogledam uživo mnoge "velike" utakmice: gradske fudbalske derbije Zvezde i Partizana i derbije "Velike četvorke"; košarkaške utakmice Partizana sa Divcem, Paspaljem, Pecarskim, Obradovićem i Đorđevićem, sa jedne i Cibone, sa Draženom i Acom Petrovićem, Nakićem, Knegom i Čuturom na drugoj strani. Gledao sam pored ostalih utakmica i četvrt-finale Kupa Šampiona na prepunoj Marakani (90.000 gledalaca) kako Zvezda "dere" Real Madrid sa 4:2. Bio sam na Sajmištu, sa 30.000 gledalaca, kada se prvi i jedini put državna TV u udarnom, drugom večernjem dneniku uživo uključuje u koncert Bijelog Dugmeta (verzija 3.0 sa Alenom).

Niti je taj koncert mogao nadmašiti modrički koncert Bebeka i Tife, niti je Zvezdina pobjeda mogla da nadmaši Željin poraz. Do dan-danas su modrički koncert i sarajevska utakmica za mene ostali nenadmašni i nezaboravni. Nekad je ono malo – baš puno!

Zbog tog "malo" se svaki put na moj rođendan, bar na trenutak sjetim tog mog 17tog po redu, 24.aprila 1985.godine na Grbavici, i ne znam kako al' znam zašto - "pritisne me teška *tuga*" i "ne znam kad ću, al' znam da ću" jednom ponovo morati u Dolinu Ćupova...

Epilog

Dajdžinca Ajša je umrla samo par godina nakon utakmice opisane u ovoj priči. Ukopana je na Vlakovu kod Sarajeva.

Dajža Ibro je nakon smrti njegove Ajše preselio u Modriču. Iz nje je 1992. otišao u izbjeglištvo u Italiju, da bi se 2001. ponovo vratio u Modriču gdje je umro 2015. Kad idete iz centra Modriče prema Srednjoj džamiji, prvi mezar koji ugledate u haremu, najbliži ulici koja vodi pored harema, je mezar mog dobrog dajdže, rahmetli Ibre Garbo.

Mirsad Garbo, moj dajdžić, sin jedinac Ibre i Ajše Garbo, ostao je zabilježen u snimku TV Sarajevo, kada je početkom aprila 1992. zajedno sa svojim komšijama na Grbavici pravio tzv. roštilj-barikade, k'o fol ne dozvoljavajući nikome da prođe pored njih ako ne uzme bar jedan ćevap. U pozadini snimka se vidi stadion Grbavica, još uvijek sa svojom drvenom "Penzijom". Par dana kasnije, pod zaštitom noći, sa suprugom Hajrom i maloljetnim sinovima Alemom i Elvirom, zbog Batka Vlahovića i sličnih morao je sa Grbavice izbjeći na Velešiće.

Mirsad je pogođen snajperskim hicem ispaljenim najvjerovatnije iz kasarne Lukavica dok je u ljeto 1992. učestvovao na deblokadi Dobrinje. Preminuo je par dana kasnije u bolnici Koševo. Ukopan je na Barama u Sarajevu.

Ibro i Ajša Garbo, 1952. i Mirsad Garbo, 1992.godine

Stadion "Grbavica" je zapaljen 4. maja 1992. godine. Sa tribinom "Penzija" zajedno je izgorilo i nestalo 316 pehara, od čega su 42 pripadala fudbalerima, a ostale pehare su osvojili ostali klubovi iz Sportskog društva Željezničar, koje je tada brojalo 14 klubova.

Dok je u Sarajevu stadion "Grbavica" još dogorijevao, u Tarevcima je od gelera minobacačke granate ispaljene sa Trebave smrtno ranjen moj školski, najvatreniji Željin navijač među modričkim elektroničarima, Mirsad Mujkić Rođo. Ukopan je u šehidskom mezarju u Tarevcima.

Stadion Grbavica, 4.maja 1992 i Mirsad Mujkić Rođo, 1991.godine

Stihove pjesme "Grbavica" je napisao **Dragan Jokić** ratne, 1993.godine, samo par dana prije nego što će iz Sarajeva otputovati za Beograd. Kada je odlazio iz Sarajeva dao je papir sa stihovima "Grbavice" svom prijatelju **Mustafi Čizmiću**. Nikad se poslije toga nisu više niti čuli niti vidjeli. Mustafa, koji je uz nekoliko intervencija na tekstu, napisao i muziku, ni slutio nije da u rukama ima pjesmu koja će se pjevati još dugo, dugo godina. Iako je prvobitno kao izvođač pjesme bio planiran Fadil Toskić, Mustafa je odlučio da pjesmu otpjeva **Mladen Vojičić Tifa**. I nije pogriješio...

Grbavica

Hej Grbavice, rano ljuta
pritisla me teška tuga
na trenutak, i pomislim
da si sada neka druga.

Hej Grbavice, bolna si mi
iz daleka gledam ulice tvoje
tamo su slike djetinjstva moga
tamo je sve što je moje.

Ko život cijeli Miljacka dijeli
mene od krila tvog
i ne znam kad ću, al' znam da ću
doći do doma svog.

A onda Željin stadion gledam
vidim ponos tvoj
život ću dati, al' tebe nedam
jer ti si život moj.

Ne budi tužna kad čuješ pjesmu,
bol što naša srca mori
jer svaki od nas što pjesmu pjeva
do zadnjeg za tebe se bori.

Ko život cijeli Miljacka dijeli
mene od krila tvog
i ne znam kad ću, al' znam da ću
doći do doma svog.

Zbog toga bola kad sa Bristola
na tebe gledamo
zbog ove pjesme nazad se nesmije
nikome te nedamo.

teksta: **Dragan Jokić** i **Mustafa Čizmić**
muzika: **Mustafa Čizmić**
pjeva: **Mladen Vojičić Tifa**

Elektroničari

Moji elektroničari su te 1985. "igrali" u sljedećem sastavu:

1.red gore, s lijeva na desno
Bikić Bahrudin, Kojić Dragan, Čolić Anto, Sarvan Amir, Jularić
Ivan i Nakić Maid.
2.red, s lijeva na desno
Marković Pavo, Mikulić Mirko, Krištić Jerko, Bičvić Mato, Pranjić
Vlado, Sejdić Adnan, Janjić Zdenko, Katušić Luka, Cvitkušić Ivo,
Smajić Edmin i Rokić Jozo.
3.red, s lijeva na desno
Adžamić Zdenko, Bogdanović Nenad, Mujkić Amir, Bičvić Zdenko,
Ćerimagić Ahmo, Dujković Nenad, Bećirbašić Sejfudin, Aničić
Marko i prof. Bičvić Mato.
4.red (sjede), s lijeva na desno
Simić Milorad, Mujkić Mirsad, Barukčić Mara, Kojić Ljubica, Čajić
Dragica, Smiljić Desa, Gligorević Nada, Čolić Vera i Stanić Zlatko.
do 2.razreda su učenici ovog razreda bili i:
Gušić Hasan, Kujundžić Ozrenko, Kuprešak Josip i Maksimović
Vinko.

Na susret druge generacije elektroničara modričke srednje škole, 25 godina nakon mature, 2011.godine su došli:

1.red gore, s lijeva na desno:
prof. Bičvić Mato, Gligorević Nada, Bikić Bahrudin, Čolić Anto, Bičvić Zdenko, Sejdić Adnan, Stanić Zlatko, Bećirbašić Sejfudin, Smajić Edmin, Bičvić Mato i razrednik prof. Marjanović Đoko.

2.red (čuče), s lijeva na desno:
razrednik prof. Salihović Ramiz, Bogdanović Nenad, Pranjić Vlado, Mujkić Amir, Aničić Marko i Simić Milorad.

sasvim naprijed, desno:
autor fotografije, Amir Sarvan

nedostaju na slici (na susret su došli uveče):
Smiljić Desa i Jularić Ivan.

PROFESOR I 15 STUDENATA

piše: **Amir Sarvan**

Naslov ove priče zvuči pomalo kao da se radi o nekoj modernoj bajci. Početak i kraj priče možda to i jesu, ali zaplet u ovoj priči puno više liči nekom filmskom trileru koji su glavni junaci ove priče različito proživjeli.

80-tih godina prošlog stoljeća modrički srednjoškolci bi nakon završene srednje škole nastavljali školovanje u raznim gradovima, širom tadašnje Jugoslavije. Najčešće je to bilo u Sarajevu, Tuzli, Zenici, Osijeku, Beogradu, Zagrebu...

Jedan broj se odlučio za studiranje na Univerzitetu Đuro Pucar Stari u Banjaluci. Pored studenata iz Modriče koji su studirali na drugim fakultetima u Banjaluci, krajem '80-tih nalazilo se tu i petnaestak studentata elektrotehnike.

Oni nisu bili jedini Modričani na Elektrotehnickom fakultetu. Od početka '70-tih na tom fakultetu je, prvo kao asistent, onda kao profesor, a krajem '80-tih i kao dekan, radio i profesor Dr Sedat Širbegović.

Profesor Širbegović je rođen 1937.godine u Modriči. Od 1963. je živio u Banjaluci, gdje se zaposlio nakon završenog fakulteta elektrotehnike, stručnog usavršavanja u USA i sticanja zvanja doktora nauka, na Univezitetu Beogradu 1977.godine. Na ETF-u u Banjaluci je rukovodio katedrom "*Konstruisanje elektronskih uređaja*".

profesor Dr Sedat Širbegović

Tako su krajem '80-tih i početkom '90-tih studenti iz Modriče studirali i polagali svoje ispite, profesor držao predavanja iz svojih predmeta i sve je izgledalo kao u nekoj "*savršenoj priči*". Pogotovo kad je s proljeća 1992. kao prvi od modričkih studenata na Elektrotehničkom fakultetu u Banjaluci diplomirao Amir Otanović, na smjeru telekomunikacije. Nažalost, preostali studenti iz Modriče nisu uspjeli diplomirati prije početka rata u Bosni i Hercegovini. Većina ih se početkom aprila 1992.godine vratila u Modriču i tu ih je zatekao početak rata, a samo manji broj je ostao i nastavio studiranje.

Profesor Širbegović je pokušao ostati u Banjaluci i kroz organizaciju dobrotvornog društva i raspodjelu humanitarne pomoći, koliko-toliko olakšati i obezbijediti opstanak preostalog muslimanskog stanovništva u Banjaluci. Nažalost,aprila 1994. mu je suprotno dogovoru, prilikom intervjua za banjalučku televiziju postavljeno "političko" pitanje. Iako je bio svjestan rizika,profesor Širbegović je odlučio "da im u brk kaže svoje mišljenje".
Malo je takvih primjera ljudske hrabrosti, kao što je to pokazao profesor Širbegović, da se kaže ono što se misli ipored ogromne opasnosti po svoj život.

Iako nije rekao mnogo, kako je kasnije rekao - niti 10% od onoga šta je imao da kaže, nedugo nakon intervjua i njegove izjave, profesor Širbegović je imao "tretman" u policijskoj stanici Banjaluka. Malo zatim, skoro u posljednjem momentu, prije nego što bi sasvim sigurno došlo i do fizičke likvidacije, sa porodicom je uspio napustiti Grad. U Ameriku je, nakon kratkog boravka u Beču, došao u septembru 1995.godine. Prvih devet mjeseci je radio na Columbia University u New Yorku kao gostujući profesor, a američku penziju je zaradio u julu 2008.godine kao profesor na TESST College of Technology u Baltimoru.

*(kompletan razgovor profesora Širbegović iz 2009.godine
može se pročitati ulistu "Naša Bosna"broj 19. stranice 12-17)*

Kao i njihov dekan, profesor Širbegović, studenti iz Modriče, koji su studirali u Banjaluci, su itekako osjetili ratne nedaće.
Mirsad Mujkić je poginuo maja 1992.godine u Tarevcima.Igor Džoja je poginuo u jesen 1992.godine u Bosanskom Brodu.Amir Otanović i Adnan Sejdić su kao civili zarobljeni u maju 1992.godine i prošli ratne logore i zlostavljanja u nekadašnjoj zgradi osnovne škole "Sutjeska" u Modriči i u logoru u Doboju prije nego što su sredinom juna 1992.razmijenjeni. Roditelji Aljoše Kamberovića su kao civili zarobljeni u Modriči i odvedeni u logor u Doboj, a Aljoša dugo nije znao ništa o njima. Ipak, i Amir i Adnan i Aljoša su se i pored svega, kao i ostalimodrički studenti, Goran Drobnjak, Zdravko Todorović, Amir Sarvan, Marko Bilić i Milka Čančarevićuspjeli izboriti za svoje"mjesto pod suncem":

- Amir Otanović je diplomirao na ETF u Banjaluci, a od početka tzv. revolucije u mobilnoj komunikaciji je radio kao inžinjer u Kanadi za fimu Blackberry.
- Goran Drobnjak jediplomirao na ETF u Banjaluci,a u Rafineriji ulja Modriča rukovodio održavanjem informatičkih sistema. Umro je prije par godina.
- Zdravko Todorović jediplomirao na ETF u Banjaluci, sada jedirektor Elektrodistribucije Modriča.
- Amir Sarvan jediplomirao na Ingenieurschule Bern HTL, Švicarska, sada radi kao sisteminžinjeru gradskoj upravi Bern.
- Adnan Sejdić jediplomirao na Fachhochschule Horw, Švicarska, sada radi kao softwareinžinjeru osiguravajućoj kući Allianze Zürich.
- Aljoša Kamberović jediplomirao na Queensland University of TechnologyBrisbane u Australiji, radi kao elektroinžinjeru firmi Powerlink Queensland.

- Marko Bilić jediplomirao informatiku na Elektrotehničkom fakultetu Osijek u Hrvatskoj. (Nažalost, nedostaje informacija gdje i šta sada radi)
- Milka Čančarević je diplomirala na ETF u Banjaluci, zaposlena je kao menadžer prodaje u firmi Novohem Šabac u Srbiji.

Tako se osammodričkih studenata "raspršilo" u sedam gradova, šest država, na tri kontinenta.Da ne bi "*Devedestih*" bio bi to jedan odličan tim elektroinžinjera za njihov grad. Ovako ostaje nada, da ćebilo gdje da budu, bilo kojim poslom da se bave, bar malo ostati i Modričani.

Osim pomenutih studenata, iz Modriče su '90-tih godina prošlog vijekana ETF-u u Banjalucistudirali još i drugi studenti, za koje nažalost,nedostajuinformacije kako su oni preživjeli rat '90tih i gdje su i šta sada rade:
Slavko Perić, Filip "Fićo" Josipović, Mevludin Jašarević,Elma Ibrahimpašić,Siniša Blagojević,Jadranka Simić i drugi...

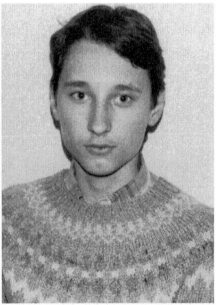

In memoriam: Mirsad Mujkić (1967-1992) i Igor Džoja (1971-1992)

RUŠENJE - GRAĐENJE

piše: **Maksim Max Šakota**

Rođen sam u Modriči, djetinjstvo sam proveo po modričkim ulicama - čaršiji, po brdima iznad Modriče sam trčkarao sa drugim vršnjacima igrajući se "kauboja i indijanaca" i u Modriči sam završio osnovnu školu, pošao u gimnaziju, pa ju nakon dvije godine napustio zbog nekih svojih pubertetskih hirova i završio školu za učenike u privredi, smještenu tada u Garevcu.

Ljetne školske praznike provodio sam kupajući se u Bosni na mjestima tada dostupnim za kupanje, ali najveći dio prvog "momkovanja" provodio se na modričkom korzu, u centru tog lijepog grada i obližnjem parku gdje bi sjedeći na klupama raspravljali o svemu i svačemu do kasno u noć. Tu su se događala i prva "ašikovanja", držanja za ruke i prvi "filmski poljupci" a sve pod zaštitom mraka. Na korzu, šetalo se u dva reda a "okretište" je bilo kod starog hotela "Bosna" i kod katoličke crkve.

Svim tim našim mladalačkim zbivanjima, kao i cjelokupnom životu u blizini centra, ubrzanom prijepodnevnom, umornom u kasne popodnevne sate i ponovno oživljenom u večernje, bila su dva nijema svjedoka, dva, kako sam ih ne samo ja doživljavao, zaštitnika nas prisutnih na modričkim ulicama.

To su bili džamija u centru i katolička crkva nešto dalje. Ta dva tiha nenametljiva zdanja urezala su se u sjećanje svakog Modričanina, pratila su mnoge generacije od prvih nesigurnih koraka, pa do kraja života i bila dio ličnosti svakog od nas, formiravši tako i karakter svakoga od nas, karakter Modričanina Bosanca, bez obzira kojoj je vjeri pripadao po rođenju.

Takav karakter se i kod mene razvio, spontano, pod uticajem okoline u kojoj sam rastao. Modričke džamije, katolička i pravoslavna crkva, građevine su koje su svojim postojajem meni davale sigurnost u trajanju života, koje su dio ne samo mojih sjećanja, nego su i nešto što ja doživljavam kao svoje, a ne ovo je "njihovo" a ovo ovdje je "moje".

Modriča je moj rodni grad, od "Pelesića kûća", pa do Dobrinje, sa svim svojim građevinama, vjerskim i onim drugim, i cijelom Modričom se šetam kao "svojom".

Kada su u zadnjem ratu planski rušene džamije i katolička crkva, rušen je i dio moga identiteta; dio mojih sjećanja neko je uništavao ne znajući da time uništava i dio vlastite ličnosti i tako postaje invalidna osoba. A što bi bio nego mentalni invalid onaj koji kroz jedan dio Modriče prolazi glave uvučene u ramena jer je to "njihov" dio, a uspravi se kada dođe u "svoj" dio.

Kad god budem prolazio Modričom, bilo kojim njenim dijelom i pored bilo kojeg sakralnog objekta, ja ću prolaziti pored "svog" i "svojom" Modričom. Zato sam bio radostan da se uspomene moje mladosti i dijelovi moga identiteta ponovo obnavljaju, ali da je ostao ožiljak na srcu i duši, ostao je zahvaljujući "vrijednim" rušiteljima.

autor teksta, pored Šićke džamije u Modriči, jesen 1998.godine

Ovu fotografiju izgradnje, u prošlom ratu srušene, modričke džamije u centru nisam htio postaviti na portal "stare i nove slike Modriče i Modričana" zbog dužeg komentara koji zahtijeva ta slika. Komentar je moj lični doživljaj saznanja da "neko" u ime "nečega" ruši sakralne objekte naroda druge vjeroispovijesti.

MOJOJ BOSNI

piše: **Maksim Max Šakota**

U proljeće...
Kad behar bijeli zamiriše,
A Bosna mutna Savi teče,
Neki bi htjeli da te nema više!

A ljeto kada dođe,
I zelenu te toplo Sunce grije,
Neki bi što zovu se vođe,
Htjeli da te nikad više nije!

Jesenji kad dođu dani...
I Bosanci rakiju kad prave,
Neki bi vođe samozvani,
U bratskom zagrljaju da te dave!

Zimi, kad brda su ti bijela,
Drhtav glas neki tad ti viče:
"*Ostani mi Bosno moja cijela,
Moli te tvoje dijete iz Modriče!*"

AUTORI PRIČA

Maksim Max Šakota

Elvis Hadžić

Zaharije Domazet

Franjo Šerić

Pero Čović

Zdenko Čolić Mujica

Hajrudin Harry Vejzović

Mirsad Maglajac

Beba Stanić

Vera Mujbegović

Asim Sarvan

Nenad Bogdanović Panky

Amir Sarvan

IZVORI

Forum www.modrica.com

Forum www.modrica.biz

Facebook grupa "Modriča, Nekad i Sad"

  https://www.facebook.com/groups/96630691628/

Facebook grupa "Za sva vremena, Modriča"

  https://www.facebook.com/groups/237251693078086/

autorova zbirka razglednica i fotografija

O AUTORU

Amir Sarvan je rođen 1968.godine u Modriči.

Djetinjstvo i mladost je proveo u Modriči, gdje je završio osnovnu i srednju školu.

Studirao je na Elektrotehničkom fakultetu u Banjaluci a diplomirao je elektrotehniku na Ingenieurschule Bern HTL u Švicarskoj 1997.godine.

Oženjen je i otac troje djece.

Živi i radi u Bernu, Švicarska.

Made in the USA
Middletown, DE
15 June 2018